国家出版基金项目
NATIONAL PUBLICATION FOUNDATION

这里是新疆丛书

父亲的麦地

萧云 ◎ 著

新疆文化出版社

图书在版编目（CIP）数据

父亲的麦地 / 萧云著. — 乌鲁木齐：新疆文化出
版社, 2024.6
（这里是新疆丛书）
ISBN 978-7-5694-4366-0

Ⅰ.①父… Ⅱ.①萧… Ⅲ.①散文集—中国—当代
Ⅳ.①I267

中国国家版本馆CIP数据核字（2024）第029217号

父亲的麦地

FUQIN DE MAIDI

著　者 / 萧　云

出 品 人　沈　岩　　　　　　责任印制　刘伟煜
策　　划　王　族　王　荣　　装帧设计　李瑞芳
责任编辑　赵亚俊　　　　　　版式制作　田军辉

出版发行　新疆文化出版社有限责任公司
地　　址　乌鲁木齐市沙依巴克区克拉玛依西街1100号（邮编：830091）
印　　刷　永清县晔盛亚胶印有限公司
开　　本　787 mm×1 092 mm　1/16
印　　张　9.75
字　　数　135千字
版　　次　2024年6月第1版
印　　次　2025年1月第2次印刷
书　　号　ISBN 978-7-5694-4366-0
定　　价　29.00元

序

村庄是什么?

萧云生活的村子和我的村庄离得不远,中间隔几道沙梁和几片荒野田地。小时候在野滩上打柴放牛,也可能遇见过,只是互望两眼,并不知道以后都会从事写书,而且都会写到打柴放牛的这些事。在沙湾县那块地方,一下子出了三个作家,各写了一本书,都写自己早年生活的村子。它们是《一个人的村庄》(刘亮程)、《一代匠人》(张景祥)、《父亲的麦地》(萧云)。三个村庄各自独立,又有着某种地理气息的联系。

在早些年,黄沙梁的牲畜蹿到张景祥所在的蒲秧沟,偷吃了一肚子苞谷棒回来。萧云村庄的白狗,游到黄沙梁,怀了一条黑狗的崽子。那样的事情,再自然不过了。随便一场西北风都会将三个村子连成一片。他们在各自的村庄里，干着差不多的活，想着完全不一样的事情，也就有了现在各自不相同的文字。

那时候村里没有作家，只有会计记录着村子的收成亏盈，其余事情全靠人的心传心记录了。况且，一个村庄也发生不了多少大事，可能一些惊天动地的大事被埋在一些人的脑子里，以后会惊动世界。而在当时，肯定连头顶上的一只蚊子都惊动不了。

萧云生活的村庄最大的一件事情，也就是自家一头用了多年的牛，卖给别人家宰杀了，萧云为这头牛写了近一万字，写得动情而精细，牛若看了，肯定会比人更感动。《牛的最后一滴眼泪》是留给谁的，人们永远无法知道。

萧云二十几岁走出那片村庄，我三十多岁才离开，比她多收了几茬粮食，少经历了许多城市奔波之苦。而后来，又都回过头，走进那片早年毅然离开的村庄大地。

一个乡村女孩儿，离开故乡的情怀可能迥异于男性。萧云在城市奔波所受的辛苦自不必说，对于这样一颗里外受伤的心灵，村庄究竟意味着什么？一个人或许最终可以宽宥故土，把早年愤然背身而去的恨，化为归来之爱。爱她的一粒土，一棵草，一个早年的"仇人"。只有爱让人内心清澈丰盈。

萧云的村庄中，处处可见女性的独特视角与细微感悟，她让一座黄沙累累的粗陋村落，显出了母性的柔情美丽。充满女性情怀的村庄写作，使萧云的散文区别于时下随处可见的村庄文字，她文章中的乡村事物，也逐渐脱净泥土，成为纯粹的精神意象。

在萧云的散文中，村庄是《母亲的菜园子》，是《老屋》，是《牛的最后一滴眼泪》，也是《老鼠的家园》。这些与外界无关的个人乡村记忆完整饱满，自成一个精神世界，不受社会变革、时光变迁的影响。这样的文章，每每能让人进入并久留其中。一篇好文字就像一间单独的老宅子一样包容你，它是某一时间的全部世界。

如今，村庄已成为文学广泛关注的热土。对于我们这些有村庄经历的人，村庄是老家故土，对于在城市长大的人们，村庄是更远的老家故土。

谁更接近村庄呢？

很显然，村庄已不是现实中的麦田土路、草垛炊烟。那些村庄事物，就像一匹匹驾轻就熟的马，我们骑着它出发，最终要到达的是与村庄毫无关系的远地。

说到底，村庄是一场连根拔起的梦，拖泥带水，在写作者的精神世界中飞行。这场梦中的每一片叶子都被唤醒，每一粒尘土都睁开眼睛。带着一座村庄独自走远的人，才会离我们更近。人人漂泊在各自的远处，每颗心都是一座孤远的村子。缘分在荒天远地，有心灵的人终会在这处不期而遇。

个人的精神世界，要全靠自己一土一木去构筑。对村庄的写作其实是对自我灵魂的共同构筑。因着心灵的力量，一座沉寂于过去时间的村庄被唤醒、照亮。

它是我们大家的。

这座村庄的每一间房子都没有封顶，它的一切都朝无限苍穹敞开着。无论父亲的麦地，还是我们一生一世的麦地，都会在那里成片黄熟。

刘亮程

目录

不一样的夏季

　　这个暑假,巴哈提古丽跟着家人来到这片草原上。这是她家的夏牧场,因为去年的雨水充足,今年的草长得格外茂盛。阿爸和哥哥哈森外出放牧了,家里就只剩下巴哈提古丽和奶奶两个人。阿妈因为常年奔波劳碌,突然瘫痪留在了定居点,姐姐乔丽娅不得不留下来陪伴和照顾阿妈,并定期带阿妈去离定居点十几公里的县城看病。奶奶老了,跟着阿爸和哥哥放牧,长途的颠簸让她劳累不堪,繁重的家务活让她那原本就弯曲的脊背更弯曲了。阿爸心疼奶奶,想让巴哈提古丽休学留在夏牧场。

　　牧民的家里是有明确分工的,一般是男主外女主内,每天早晨天还未亮,巴哈提古丽和奶奶就得起来,为阿爸和哥哥准备一天的食物。她们先烧好奶茶,然后端来包尔萨克放在地铺的矮桌上，阿爸和哥哥简单洗漱之后就开始吃饭。他们吃饭的速度很快，因为圈在外面木栅栏里的牲畜已经饿得开始大声叫唤起来。阿爸赶紧站起来，接过奶奶准备好的食物，带着儿子哈森外出放牧。

巴哈提古丽家有六峰骆驼、十几匹马、二十几头牛、三百多只羊，阿爸和哥哥每天早出晚归地骑马奔波，才能让它们全部吃饱肚子。这是巴哈提古丽家的全部财产，一家人一年所有的生活开销都要从这些牲畜的身上赚回来。

巴哈提古丽在县城上高中，每到开学，阿爸阿妈都会把她吃用的东西提前准备好，让哥哥哈森开车送到她住宿的学校。现在国家不收学生的学费，只需自己备些吃的用的东西。阿妈身体好的时候，常年跟着阿爸在山里放牧，四面漏风的毡房让阿妈过早地患了类风湿关节病，膝盖和手指关节总是疼痛。

大前年，牧业队修建了安居房，阿爸花六万元钱购置了一套，带着阿妈和全家人搬了进去。安居房建在国道边上，距离县城二十多公里。屋前有八分地的菜园，屋后是一亩多地的青贮饲料大棚。房屋夏天有绿植，冬天有暖气，非常干净舒适，可是因为家里的耕地太少，饲养的牲畜又太多，每年的青贮饲料都不够吃。为了节约成本，每年春、夏、秋三个季节，阿爸都会带着全家人跟牧业队其他牧民一起，到离家很远的牧场进行放牧。

每天早晨阿爸带着哥哥哈森离开毡房，整个草原就显得空荡荡的，只剩下奶奶和巴哈提古丽两个人。奶奶是个闲不住的人，虽然她身体不好，但是每天依然能找出各种各样的家务活叫巴哈提古丽和她一起做。奶奶早晨起来，就架起油锅做包尔萨克。这种食物易于储存，放好长时间都不会坏。奶奶说，外出放牧的人非常辛苦，他们早上出门跟在牲畜的后面跑了一天，就希望晚上回到毡房能吃上一口热乎乎的食物，因此巴哈提古丽每天都跟在奶奶的身后，听着她的吩咐不停地忙碌。

食物准备好了以后，奶奶又带着巴哈提古丽坐在毡房前的绿草地上，把阿爸和哈森剪下来的羊毛用水洗干净，分成两部分，一部分做毯子，一部分捻成毛线，染上各种各样的颜色，在毯子上绣花纹。奶奶说，这是草原上的女人必须学会的一项技能。过去女孩子到十八岁，媒人上门提亲，不是看她的容貌，而是看她持家的本领。巴哈提古丽每次都表现得心不在焉，她年纪还小，而且哥哥姐姐都还没有结婚，轮到她还早着呢！奶奶说，光阴不等人啊，孩子，我结婚的时候才十九岁，这一转眼已经六十多岁了。可巴哈提古丽却觉得时间过得太慢了，特别是没有阿妈和姐姐陪伴的日子，她觉得每一天都过得格外漫长。

山里的风大，阿爸和哈森看起来比实际年龄大很多。巴哈提古丽心疼阿爸，初中毕业就想辍学留在县城打工，好帮助家里分担一些压力，阿妈不同意。牧业队里有几家的孩子都考上大学，去乌鲁木齐或者其他大城市了，阿妈羡慕他们，希望自己的三个孩子中也能有一个像他们一样，离开草原去过一种和父母完全不一样的生活。为了实现这个愿望，阿妈不顾阿爸的反对，每年卖掉一头刚出生的小牛犊，给巴哈提古丽去县城最好的寄宿制学校做生活费，幸好学费国家是全免的。巴哈提古丽不敢辜负阿妈的期望，每学期结束，她都会拿回几张奖状递给阿妈。阿妈以巴哈提古丽为傲，把这些奖状小心地拿起来，端端正正地贴在家里白墙壁上，让每个来家里串门的牧民都能看到。

可是阿妈的病打破了巴哈提古丽的美好梦想，以前假期的时候，巴哈提古丽也经常来牧场帮助父母干活，但是现在心情却完全不一样了。想着阿妈的病如果治不好，她就只能放弃学业，永远留在草原上过着和阿妈一样的日子，心里充满了不甘。奶奶看出巴哈提古丽的心事，她一边干活一边劝说："别担心，每一张羊嘴的下面都会有一把青草的。"可是无论巴哈提古丽怎么寻找,也看不见自己嘴下的那把青草在哪里。

没有阿妈和姐姐陪伴的日子,巴哈提古丽觉得生活中缺少了很多温暖和乐趣,每天早晨阿爸和哥哥出去放牧,她就和奶奶留在毡房里做那些永远也做不完的家务活。挤出的牛奶,要用铁锅煮开,放在大盆里面,把上面的奶皮子刮下来制作成酥油,等冬天家里来客人的时候喝奶茶用。奶茶是草原牧民的标配,他们早晨起来要喝奶茶,晚上回来还要喝奶茶,而酥油更是他们生活中一道不可缺少的美食。

剩下的牛奶发酵了以后,装在一个特定的牛皮桶中,巴哈提古丽每天早晚用木棍搅拌一阵,最后做成酸奶或者酸奶疙瘩。过程虽然漫长,大概需要一周的时间,但巴哈提古丽却非常喜欢。

有一天晚上,哥哥哈森回到家,兴奋地告诉奶奶和巴哈提古丽,山后面的另一个牧场多了一顶白色的毡房。毡房里有一个小伙子,想寻找一个地方修建旅游景点,把全国的旅客都吸引过来。巴哈提古丽听了很开心,第二天早晨,她穿上了最漂亮的衣服,缠着奶奶骑马去拜访那家牧民。毡房里有一个二十多岁的小伙子,他个子很高,皮肤白皙,一看就不像常年生活在草原上的牧民。小伙子告诉巴哈提古丽,自己叫阿尔森,是一家文旅公司的项目经理,他来这里的主要任务是寻找一个合适的地方,打造一个全国5A级的民俗旅游景点。

巴哈提古丽听了阿尔森的计划,打心底感到高兴,假装没有听到奶奶和阿爸的抱怨与唠叨,放下手中所有的家务活,用一个多星期的时间,骑马带着阿尔森在附近的山里考察踩点。在一片荒无人烟的大河谷中,阿尔森看见了很多壁画和一座神奇的石头城,它们形象生动,形态各异,仿佛在向人们讲述着一个遥远而神秘的故事。在这座石头城的后面,巴哈提古丽意外找到了之前亲戚家丢失的几峰骆驼,它们悠然地趴在一片绿草丛中,抬头看着远方的地平线,目光悠远而又充满希望。

晚上，巴哈提古丽和阿尔森点燃一堆篝火坐在这片河谷中，憧憬着未来。巴哈提古丽抬头看着远处的美景，仿佛看见了奶奶说的那一把青草。

阿爸对这件事没有兴趣，他觉得自己是牧民，天生就是跟在牲畜的屁股后面讨生活的人，离开了牲畜，他就不知道应该怎么生活了。哈森的反应却和阿爸完全相反。他已经二十四岁了，草原上的很多小伙子在这个年龄都已经结婚生孩子了。可是哈森还一直没有对象呢，他初中毕业就跟阿爸和阿妈在牧场上放牧，大部分时候连一个人影都看不到，更不要说谈恋爱了。阿爸心里着急，让阿妈托人到处去给哈森说亲，可是牧区的很多姑娘不是因为上学留在外地，就是离开草原出去打工了，跟着家人放牧的人并不多。

亲戚朋友费了九牛二虎之力，帮哈森介绍了几个姑娘，不是哈森看不上人家，就是人家姑娘看不上哈森，相了几次亲都失败了。哈森去年参加同学聚会，喜欢上了汉族姑娘王玲，相处一段时间后就要求和王玲结婚。奶奶不同意，她说汉族女孩子没有游牧经验，吃不了草原上的苦。哈森告诉奶奶，他找媳妇不是让对方吃苦的，而是要带着她一起创造幸福生活的。阿爸沉着脸告诉哈森，我当年娶你阿妈的时候，也是这样跟她说的，可是现在你都快结婚了，你阿妈还在草原上受累呢。

巴哈提古丽半开玩笑地问哈森，他和王玲结婚以后，准备怎么生活？哈森说，阿尔森准备在这山里面打造一个文化旅游景点，那我就让阿爸卖掉几匹马，在旅游景点附近给王玲开一个小商店，让她卖咱们草原上的特产。我可以春、夏、秋三个季节继续跟着阿爸去山里的牧场放牧，到了冬天就回安居点猫冬。

奶奶依旧有所顾虑，阿爸劝哈森放弃王玲，哈森的态度非常坚决，他说他这辈子只想和王玲结婚，如果家里人不同意，他就放弃草原上的一切,带着王玲去打工。

哈森是家里唯一的男孩子,在他初中毕业前,阿爸就到学校告诉哈森,他必须回到草原上跟自己一起经营家中的牧场。哈森虽然心里不愿意,但是也不敢违背阿爸的意愿,只好流着眼泪告别同学,不情愿地提着行李回到草原上。他知道草原上放牧的生活很辛苦,只靠阿爸一个人没有办法把家里的牲畜照顾好。

阿爸担心哈森离开草原,只好答应哈森,等过几天就托人去王玲家提亲,如果王玲的家人也同意,等冬天返回定居点的时候,就给他和王玲举办婚礼。哈森这下开心了,他每天早出晚归地忙碌着,努力把家里的牲畜养肥一点,希望到了冬天能卖个好价钱,快点把王玲娶回来。

阿尔森做好项目规划离开了,他说公司一旦把项目审批下来,他就会来草原上寻找巴哈提古丽,他们一起实现这个宏大的梦想。

巴哈提古丽的心情突然变得愉悦起来。每天无论干什么事情,身上都好像充满了力量。奶奶开玩笑说,巴哈提古丽像草原上的花朵一样,突然开放了。这天晚上,姐姐乔丽娅打来电话说,县医院来了援疆医生,他们不但医术很好,而且还带来了很多先进的医疗器械,阿妈在他们的精心治疗下,病情已经得到控制,可以慢慢下地走路了。这个好消息让巴哈提古丽家的毡房沸腾起来,哈森特意宰了一只羊庆祝。

阿爸最开心,拦了一辆来夏牧场自驾旅游的车,让巴哈提古丽回定居点看看。巴哈提古丽回到家,没有看到乔丽娅,却看见阿妈挂着拐杖从大门外面走进来,巴哈提古丽激动得如婴儿般拥抱着阿妈。阿妈也很开心能见到自己的小女儿。阿妈告诉巴哈提古丽,乔丽娅正跟社区的干部在定居点后面的山上种植中草药。巴哈提古丽跑过去一看,山坡上长满了各种各样的奇花异草。晚上睡在被窝里,乔丽娅告诉巴哈提古丽,她谈恋爱了。巴哈提古丽问姐姐对方是哪里人,乔丽娅说,是一个经常来定居点收购牲畜皮毛的蒙古族小伙子，名叫巴图鲁。听说他以前在县上的一家外贸公司上班，后来辞职自己做了老板，买了一辆白色皮卡车，常年穿梭在牧民的定居点之间。

姐姐告诉巴哈提古丽，她是在一个下雨天碰到巴图鲁的。当时，她带着阿妈去县城治疗完回家，走到半路，天空突然下起了大暴雨，震耳欲聋的雷电，时不时地在天空闪现一下。乔丽娅出门时没带伞，她情急之下把阿妈搀扶到路边的一棵大树下面躲起来。巴图鲁正好开车经过，停下车披一件雨衣跑到乔丽娅身边，把阿妈从大树下背起来放在皮卡车座上，送她们回牧民定居点。路上，巴图鲁一边开车，一边告诫乔丽娅，戈壁滩上的暴雨，时常夹杂着剧烈的雷电，如果在大树下面避雨，容易被雷电击中。

乔丽娅这时候才突然想起巴图鲁说的这个常识，只是刚才遇到暴雨，慌乱之中忘了。她惭愧地对巴图鲁笑了一下，巴图鲁拿出车上的两瓶矿泉水，递给阿妈和乔丽娅。阿妈因为刚才的事，对巴图鲁充满感激。她觉得一个陌生小伙，能对她一个病人这么好，在家中一定是一个大孝子。可巴图鲁却告诉阿妈，他父母去世得早，从小跟着奶奶长大。

乔丽娅对巴图鲁的感情，就是从那一刻突然产生的。回到家以后，她不顾巴图鲁的百般阻拦，坚持做了一顿纳仁给巴图鲁吃。乔丽娅做饭的手艺非常好，特别是纳仁，在牧民定居点里面堪称一绝。之后巴图鲁又来到牧民定居点，这次他不但给乔丽娅的阿妈送来了一种草原上的可以治疗类风湿关节炎的中草药，还告诉了他们一个好消息。吉林来了一批援疆医生，带着很多名贵药材的种子过来，希望定居点的牧民能够种植。这种药材价值很高，如果种植成功了，一年的收入不比养殖牲畜少。乔丽娅第一个找到定居点的社区干部，带头开始种植。定居点的其他居民见状，也纷纷加入。

巴哈提古丽回到夏牧场,把这些好消息告诉阿爸和哥哥,他们两个人都很激动。阿爸拿出一瓶珍藏很久的白酒,和哈森一起喝起来。

这年冬天,阿尔森的项目批下来了,他带着设计师和工程师来山里设计方案。阿妈的病也好了,可以扔掉拐杖走路了。乔丽娅的中药材也丰收了,社区的干部带着县药材公司业务员开车来到地头收购,收入比往年多很多。阿爸和阿妈都非常高兴,他们托人去王玲家提亲,在春节时候,给哈森和王玲在牧民定居点举办了一场盛大的婚礼。

巴哈提古丽回到学校,她一边补课,一边完成剩下的学业。对阿尔森的旅游项目,巴哈提古丽心中充满期待,她突然发现这个夏季的草原,变得比以前更加美丽。

老　街

　　最初不知道石河子老街是个什么地方,长大以后才发现,原来老街是石河子市入口处的一条街道,占地总面积约36平方千米。据说,石河子原来是一个湖的名字,后来湖水干了,石河子老街变成了沙湾县的一个小驿站。新疆和平解放后,王震将军来到这里,坐在驿站的一张大炕上,绘制出开发石河子垦区的蓝图。

　　站在石河子老街,你会发现这里除了人多之外,还显得有些杂乱,但你只要仔细一看,就发现它极像年迈母亲的老宅子,虽然杂乱,但却乱得有次序、有章法。石河子老街两边的店主们将店中的货,长长地摆在店门和马路之间的空地上,你需要什么东西,可以随便挑。这些货物,大到家用电器、小到针头线脑,分门别类地放在一起,可以毫不夸张地说，我们生活中需要用的东西在这里应有尽有。

在这些货物中，你可以看到小时候曾经踢过的鸡毛毽子、马掌上的铁钉、大门上的拉环，这些不知道从哪个犄角旮旯弄出来的"老古董"，带着一种过去时代的色彩，夹杂在空调、冰箱等现代化电器中，宁静而慈祥地向我们传递着一种家乡和往事的情怀，让我们的心突然变得温暖起来，而坐在摊边做生意的街人，大都憨厚朴实，姿态悠然而自得。

摊位边有客人来了，他们也不会争先恐后地涌上前去，抢着推销自家的商品，他们只是静静地忙着整理自己的货物，或者和相邻的同行们凑在一起，说一些他们个人生活中的琐事，耐心地等你选中了想要的东西，开口叫一声，他(她)就会走到你身边，一脸真诚地询问你需要什么。一般在这时候，你只要拿起你想要的东西，向他展示一下，他就会立即给你报出这个商品的价格，而这个价格，竟然和你心里预想的那个价格相差无几。有的时候，还会比你心里预想的那个价格稍微低一点。如果你想少掏一点钱，只要跟他说一声，他会再给你便宜两三块钱，拿起你要的东西帮你包好，然后递给你，你就可以付钱走人了。整个交易过程，不需要你说三句以上的话。

老街的生意人把东西摆在地上，到了晚上嫌收拾起来麻烦，就在上面盖一层防雨的塑料布，再随便压上一些砖块之类风吹不跑的东西就回家了，第二天早晨，他们来到店门口，拿掉货物上面压的东西，生意又红红火火地做起来了。这么多年，这种方式一直这样延续着，放在地上的东西，从来没有听到哪一家说丢失过。在石河子老街，非常有心计的生意人，是生活不下去的。如果你不像老街的生意人一样透明实在，而用坑蒙拐骗的手段欺骗客人，老街的生意人就会让你在老街没有立足之地。童叟无欺在老街已经成了一条不变的规矩，谁想打破这个规矩，就是打掉他自己的饭碗。老街人老实保守，在他们的眼睛里，是容不下这样坏规矩的事情的。

石河子老街的生意人像母亲,豁达而善良,在石河子新城刚刚建设的过程中,他们以极大的耐心和满腔的热忱,把新城所需要的东西,包括大门上的拉手之类的东西,都一点一点地运送过去,像给儿子准备结婚的新家。新城建成以后,她并没有自卑,而是继续守着石河子老街这个老地方,以一种坚强的毅力生活在这片神奇的土地上。她用宽厚的胸襟和热情的笑容,迎接着来到石河子老街的各路"游子",使他们在厌倦了漂泊之后,在这个远离家乡的地方,找到一种似曾相识的亲切和温暖,然后义无反顾地停下来,世世代代在这里繁衍生息。

现在石河子老街各种百货、食品、烟酒等批发部逐渐形成规模,成为目前石河子较大的百货批发市场之一。

老街的繁荣,给老街的生意人带来了生活上的富足和安逸,但他们依然像过去一样生活着……

几十年来,老街的生意人一直遵循着上辈人传下来的生存方式,不管时代怎么变迁,他们一直坚守着一份农民的朴实和谦和,一路默默地走着,形成了老街现在独有的商业氛围。在石河子老街,人和人之间的交易,大多数时候,都是用口头的形式达成的。谁家想要什么东西,或者是想做什么事了,只要给搭伙的对家说一声,家家都会把你的事情放在心上。没有特殊情况,一般都是先拿走东西以后再结账,中间连个条子都不用打,老街没有一个会赖账的人。周围的街坊邻居,一旦谁家中的老人过世了或者发生了什么意外的事情,不用专门出去通知,凡是听到的人,都会在第一时间赶过去,像亲人一样,能帮什么尽力去帮什么。这样的事情,他们从来不需要酬劳,甚至连声谢谢也不需要。

长期的共同生活和工作,老街的人们已经把彼此当成这个大家庭中的一员,虽然他们籍贯不同,姓氏不同,但是,他们的心却是相通的。在这

父亲的麦地 ｜ 11

个大家庭中,他们相互帮助,你家的事情就是我家的,而我家的事情,也同样是你家的事情。相互之间,不分彼此。老街的生意人认为大家都是从五湖四海过来的外地人,帮助别人就等于帮助自己。因为在石河子老街这块地盘上,大多数都是流动过来的人群。所谓石河子老街人,无非就是你来得早一点,我来得晚一点而已,从形式上来说,所有的人都差不多。

这么多年以来,只要来一个新商户,大家都会赶过去嘘寒问暖。碰到家中有困难的人,他们还会主动过去帮忙,直到问题解决了,才开始经营自己的生意。老街的老生意人,把这些优良传统传给老街新来的年轻人,而新来的年轻人又把它传给比自己更年轻的人……这种风气就这么一代接一代地流传下来,不管挣上钱的还是刚刚开始做生意的,他们都共同遵守这种质朴纯真的风气,平静而又不失礼节。

许多年来,在石河子老街淘了第一桶金以后,又到外地发展的生意人比比皆是,他们中间,许多人现在已经把生意做得非常大,但是,不管他们生意做得多好,事业做得多么有成就,只要一提起石河子老街,他们的心中就会涌起万般柔情,好像在异地,突然听到了自己母亲的名字。

一

老街路口的老张,是石河子老街的老人了。按理,他现在应该回家抱着孙子享清福了,可他却说什么也不干,每天早晨,他都会来到儿子在老街经营的杂货店门口坐着,看着街道上来来往往的人流。周围的人都调侃他,说他不放心儿子,怕把生意做赔了,把他几十年的老本赔进去。其实,老张从来没这么想过,钱财都是身外之物,从来到石河子老街开始做生意的那一天,他的东家就已经告诉他了。

那时候,他还小,每天挑着一个大木桶,到石河子老街的左公柳泉边,给老街口的尼牙孜车马店做杂工。当时,石河子老街的街面上,仅有几十间平房,房间里卖些针头线脑、煤油、柴米油盐茶和散酒等物品,每月得了零花钱,他都会跑到那里去买一些好吃的,和车马店的厨房烧火工阿里木躲在车马店背后的柴草堆上,一起慢慢地吃。

阿里木是个孤儿,车马店的老板尼牙孜看他机灵,就让他在厨房当烧火工。厨房的大师傅人称刘麻子,是东北过来的。听老街的老人说,刘麻子是东北的义勇军,后来兜兜转转到了新疆,就一个人待在这里,在尼牙孜的车马店打发日子。他的食堂里,还雇着一个中年女人,那个女人带着一个十二三岁的儿子,比老张小两岁。每天晚上没事了,她儿子就会跑过来找老张和阿里木一起玩。

老街的人怀疑这个女人是刘麻子的相好,但刘麻子不承认。他说,这个女人是他以前一起打仗的一个兄弟的老婆,那个兄弟失踪了,从此以后,这个女人就一直跟着他,白天忙着在大堂招呼食堂的生意,晚上回到食堂后面的小土房里和儿子一起睡觉。别人给她介绍了几个男人,她都拒绝了。她说,她要等她的男人回来,一起回东北老家。因为在东北老家,她还有两个儿子和一个老母亲。刘麻子的回锅肉炒得非常好吃,在石河子老街堪称一绝,许多人听说了以后专门过来吃。碰到阴雨天或者食堂吃饭的人少的时候,刘麻子就会搬个小凳子,坐在食堂的大门口,给老张和阿里木讲他们当年打日本人的故事,讲到高兴处,他就会拿出一张纸币,让阿里木到对面的杂货店,给他买半斤白酒来,一边喝着,一边唱着一首怪怪的歌儿,唱到伤心处就开始哭泣。

老街的老人告诉老张,石河子老街在古代时是一个驿站,后来变成了一块荒地。每年夏季,这里蚊虫遍地,常有天鹅、大雁、野鸭等从远处芦苇湖边飞来,落在附近的水域上嬉戏玩闹。有一首顺口溜:"乌兰乌苏老街边,油盐酱醋车马店,石河子老街芦苇滩,蛇虫出没后庭院。"后来,石河子老街成了一个过渡牧场。因为这里泉多草好，许多过往的人就在这里定居下来，渐渐形成了现在的石河子老街。老张不知道什么是驿站，就抬头往前看去，只见远处的戈壁滩上，长满了红柳和野树林子，里面一片连着一片的坟地。那时候，石河子老街还没有这么多的人，每天到了晚上，狐狸和野猪的叫声都会清晰地传来。有时候馋了，也不用到刘麻子的库房里偷肉吃。冬天，他就叫上阿里木，到离老街不远的树林子里，下套子抓几只野兔，让刘麻子一炒，大家坐在一起吃。到了夏天，他们就下到附近的水洼地，捞几条野鱼回来交给刘麻子，到了食堂没生意的时候，他们准能闻见野鱼的香味从刘麻子的锅灶前飘出来。那种感觉，比现在过年过节都要快乐。过了两三年，刘麻子突然得了一种怪病死了，跟着他的那个女人也带着孩子走了，食堂里只留下阿里木和老张，车马店的生意也慢慢地冷清了下来。新疆和平解放以后，尼牙孜回老家伊犁去了。老张和阿里木变成了工人，进了老街附近的一家工厂，每月八块钱。二十世纪八十年代中期老张退休回家了，几年之后，听说老街的店面可以承包，他就找人凑了点钱，在石河子老街盘下了现在的这家杂货店，开始慢慢地经营。前几年，他的腿和脑子都不好用了，就把店面交给儿子管理。

古人说，人为财死，鸟为食亡，但老张却从来没有这么想过。他说，老街是个黄金地，许多年来，多少人在这里经营生意，却没有听说过赔钱的，关键是自己的心态。做生意就是做人，只要你这个人诚信，说话算数，大伙儿就信得过你，有啥事情都过来找你。老张现在年龄大了，钱财之类的东西，他已经看淡了。房子有了，孩子们也长大成人了，这就够了。他留下的那些家底，只要孩子们不瞎折腾，安安稳稳地过一辈子是不成问题的。孩子毕竟是孩子，他们没有吃过苦，没有经历过老张这些年经历的动荡，他们不知道珍惜，所以，老张的家底，他要留着到了自己闭眼的时候，才能告诉孩子们，省得他们天天惦记着。

坐在老街口门面房前，看着这条水泥马路上川流不息的人群，老张的思绪常常飘回到他刚来石河子老街的时候。那时候，老街的这条马路，还是泥土的。遇到天阴下雨，大家都得穿着那种很大的黑胶鞋，从泥地里蹚着走。有的时候雨大了，鞋底都会被泥巴吸下来。当时，老张就有这么一双黑胶鞋，后来被阿里木借走了，划了大口子，他不好意思还回来，就给老张十块钱，让他重新买一双。

老张不肯要，硬从阿里木的手中把那双黑胶鞋抢过来，自己到老街拐角的那个补鞋匠"铁拐李"的地摊上花了两块钱，找了块拉拉车的内胎补上去。到了二十世纪八十年代末，老张家住楼房了，雨鞋被儿子从一个大木头箱里翻出来，扔进垃圾筐。当时，他还跟儿子发了一通脾气，儿子过意不去，又出去给他买了一双新的，颜色好像是深绿的，他一直放在门后的鞋盒里，到现在都没有穿过。前几年，石河子老街管理处说谁投资谁受益，让那些常年在石河子老街做生意的人，集资把店门前的这条路修成了水泥路面的，再下雨，大家也不用穿胶鞋走路了。

时代变了，越来越多的东西都让老张感觉陌生了。儿子说他老了，想留的东西越来越多。其实儿子不知道，老张想留的不是东西，而是东西上的那些岁月的痕迹。上个星期，他听说老街口的"铁拐李"死了，这个星期，他又听说阿里木也住院了。他想要过去看看，又不知道在哪个医院。他找人打听了好多天，也没有传来回音。老张怕去晚了，连最后一面也见不上。日子过得真快呀！老张想，当年，他们还是小伙子。那时候，阿里木是个非常开朗活泼的小伙子，年龄和他相差一个月，两人一起在老街干活，天天黏在一起，你吃饭我跟着吃饭，你睡觉我也跟着睡觉。那时候，他们两人住在单位的同一间宿舍里，好得形影不离，直到两人结婚以后有了孩子。

现在马路修宽了，街道也修长了，但每天过来逛街的人，依然没有减少。老张在心里暗暗地想着,还是活着好啊,只要活着,就什么都可以见上。如今,石河子老街的两边盖了许多高楼大厦,312国道和石莫公路的交会点,也投资建起了一座占地面积为2800多平方米的商业批发城。每天从街道上走过的人多得让老张看着头都有点发晕。记得刚刚来石河子老街时,街上只有几家人。老街周围的土地都长满了荒草。左公柳泉和其他一些泉眼的水常年往外流,把周围的地都泡成了沼泽,脚一踩上去软绵绵的,直往下陷。每到休息的日子,沙湾县和玛纳斯县还有附近其他地方的居民,都涌到老街来,人多的时候,往前都挤不动。但是现在,他知道自己老了,早晚有一天,他也会和他那些从小一起长大的伙伴一起,离开这个世界。

老张不怕死,就是心里放不下石河子老街,和这些从年轻时一起走过来的老人们,他们已经成了他生命中很重要的一部分,一天看不见,心里就感觉空荡荡的。老张说,他小时候听一个讲古书的先生说,钱多了也是个害呀,如果你挣了千万家产,争气的孩子用不着,不争气的孩子,反倒惹出祸来。这么多年,老张一直牢牢地记着这句话。他想,一个人在这一辈子中,有多少钱财都是命中注定的。他说现在小辈不理解他,他每天来老街的店面前坐着,不是放不下别的东西,是放不下石河子这条老街,和街上那些来来往往的行人。

二

当年,新婚不久的侯凤英跟着丈夫来到石河子老街,后又从石河子老街去了玛纳斯县,然后再从玛纳斯县回到丈夫的老家山东。因为从小生活在新疆,回山东以后,生活各方面都难以适应。没办法,她丈夫只好带着她再返回新疆。从乌鲁木齐到玛纳斯再到乌苏,转了几个圈,她还是回到了石河子老街这个地方，并且定居下来。大概是因为她爱干净的缘故吧，她非常喜欢石河子老街的泉水。老街的西北角，离她家不远有处泉眼，泉边有四棵柳树。夏天泉边凉风习习，冬天泉水热气升腾，人们称它为柳树泉。

　　传说当年左宗棠率兵驱赶外寇，南征北战。有一年夏天，他带着人马来到石河子老街，喝了这眼泉的水后，感觉甘甜无比。为了保护它，左宗棠在返回伊犁的时候，特意来到泉边，带领战士在泉边栽了几十棵柳树。后来，这些柳树全都活了，在泉边萦绕一周。每年夏天到来，妇女和孩子们就在泉边洗衣嬉闹，那场景远远地看起来，是一幅非常美的民间生活图。为了纪念他，石河子老街的人就把这眼泉改为左公柳泉。每当侯风英带着四个孩子，来到泉边给家人和孩子洗衣服的时候，心里总会涌出一种幸福的感觉。

　　这时候，她的肚子里已经有了第五个孩子，尽管这时候，她才只有二十七八岁，不认识的人还把她看成一个没有结婚的大姑娘……没事的时候，她就和丈夫一起，在他们开的一家挂面加工房，为老街和附近的人家压送挂面，生意勉强可以维持一家人的生活。当时，石河子老街的泉特别多，常年流淌的泉水聚集在一起，形成了一片很大的水洼。这些水洼里有一种叫不上名字的土鱼，有三四公斤重，想吃了就过去捞几条，放在清水里一炖，香味立即在房屋上空蔓延，周围的邻居闻到了，就自己端个碗来到你家，坐在一张很大的通炕上，围着低矮的炕桌狼吞虎咽。第二天，等人家抓上了鱼，你也可以过去和他们一起吃，那种其乐融融的氛围，不知情的人，根本想不到他们不是一家人。

　　1949年，侯风英把挂面加工房捐赠给国家。因为她孩子多没有人帮忙照顾，她上了一段时间的班以后，只好待在家照顾孩子。在她生完第六个孩子刚刚六天，突然听到外面有人叫她，跑出去一看，她的丈夫浑身是血地躺在门外的地上,已经没有了气息。抬丈夫回来的人说,她丈夫在路上被一辆车撞了,肇事司机开着车逃跑了。侯风英扑到丈夫身上,呼天抢地地哭晕过去。失去丈夫的日子,侯风英独自为孩子撑起一片天空。有人劝她改嫁,她怕孩子受委屈,没有同意。但是一个女人带六个孩子,没有工作怎么生活呢?

好心的亲友给她送了一台缝纫机,她把缝纫机抬到街上给人家缝补衣服。一个补丁一块钱,一件衣服五块钱。有时候忙不过来,附近的邻居也过来给她帮忙。他们说,这个女人太可怜了,我们每人帮她一下,她的日子就能过得好一点。但是,由于孩子太多,侯风英再怎么努力,家中的生活也没有起色。后来没办法,她白天给人家捡柴火、带孩子,晚上给人家洗衣服、补衣服。有时候疲惫地睡着了,醒来接着干。过年没有钱给孩子做新衣服,她就给每人做个袖套。看着孩子欢天喜地的样子,侯风英一个人躲在房间里哭。她以为她痛苦的命运,已经苦难到顶点了,但没有想到……

一天,侯风英看到一帮人,在砍柳树泉边的几棵柳树。她感觉奇怪,就跟常年生活在老街的这些街坊邻居来到泉边,竭力想阻止这帮年轻人。他们说,这些树是前人留下庇护左公柳泉的,万一砍了怕左公柳泉很快就消失,但这些人还是把泉边仅有的几棵柳树全砍了。

老街的人们心疼大柳树,就把泉水里的黑淤泥用手挖出来,贴在大柳树的伤口处,大柳树还是陆续死掉了,过了一段时间,左公柳泉的泉水也开始逐渐减少,最后完全消失了。

老街的人们怀念左公柳泉,从此以后,只要有人来石河子老街,他们都要给人家讲述一下左公柳泉的故事,只是这眼泉,现在在石河子老街,连泉影也看不见了。这时候,侯风英的孩子们已经慢慢地长大了,大儿子在沙湾县上高中,他是寄宿制,每个星期天才能回来一次。

侯风英的大儿子,画画得非常漂亮。一年前,广东一家企业看了他的作品,要招他去上班。侯风英没答应,丈夫不在了,她要把大儿子留在身边,帮她照顾下面几个正在长大的孩子。

吃过晚饭,侯风英带着孩子们在床上躺下,这时候,太阳已经开始落山了,一抹弯弯的月亮刚好挂在侯风英睡觉的窗户上。侯风英看着月亮,突然想起大儿子,心里莫名"咯噔"一下。她的小女儿告诉她,哥哥星期天就回来了。听了小女儿的话,侯风英安心睡了。这一段时间忙着给几个孩子挣学费,她每天晚上都忙到三四点才休息,第二天早晨,又得早早起来给五个孩子做饭……朦胧中,她听到外面的大门突然响起了激烈的拍打声,侯风英带着孩子跑过去打开门,发现大儿子的一个同学冲进来,他满脸惊慌地告诉侯风英,她的大儿子被人捅死了。侯风英跟着他跑过去,果然发现大儿子满身是血地躺在马路边的树林带里。她抱着儿子失声痛哭。大儿子同学告诉她,他们在回家的路上遇上劫匪,在搏斗中侯风英的大儿子被劫匪失手捅死了。

这天晚上,侯风英不知道是怎么过来的,短短的三年时间,她先后失去了丈夫和儿子,看着儿子的尸体,侯风英第一次想到了死。老街的生意人听到这个消息,纷纷赶过来安慰她。侯风英流着眼泪,在老街生意人的帮助下,把她大儿子埋葬在丈夫的墓边。大儿子死了,剩下的孩子还要生活,为了他们,侯风英拖着虚弱的身体,再一次出去干活。

这年过年,家里没有包饺子的馅,她从亲戚家借了点钱,让孩子去买点肉。卖肉人欺负她,故意给了孩子一根没有肉的大骨头,侯风英和孩子们放声大哭。当时,她真恨不得跟着大儿子和丈夫一起离开这个世界。邻居一个维吾尔族大哥听到她们的哭声走进来,看见一家人这样,立即跑回家拿出单位分给他的羊肉,切了一半送给她们。侯风英的孩子们也长大了,为了帮妈妈分忧,他们很小就出去工作,政府照顾侯风英,让她进石河子老街的翻砂厂上班。孩子们心疼她,劝她不要干了,可她不听。

这么多年的苦难生活,不但没有压垮她,反而把她磨炼得越来越坚强。她不但在工作中不输给别人,在生活中,还不停地帮助那些生活比她更加困难的人。不知道她经历的人,都以为她生活悠闲,没有受过什么苦。每到周末和节假日,她就叫一些外地来老街还没有找到工作的人,到她家一起吃饭。她开朗的性格和灿烂的笑容,常常让这些漂泊在外的人忘记身处异乡的孤独,迅速振作起来。她的这种做法,潜移默化地传给了她的孩子们,这些孩子长大以后,无论做人还是做事,个个都让人敬佩地竖大拇指。

三

每天早晨,骑着自行车从石河子新城穿过,来到老街的两个刀具店,克里木心里都有一种做梦的感觉。想想二十年前,自己连一件换洗的衣服都没有,从家乡伊犁来到石河子老街的舅舅家,好像还是昨天的事情。当时,石河子百废待兴。舅舅让他跟着老街一户手艺非常好的打馕师傅干活,管吃管住但没有工资。每天早晨五点半,克里木就起床了,生火、做饭、打馕,一直忙到晚上十一二点才睡觉。七年时间,他把师傅所有的手艺都学会了,可师傅却不同意他走。原因是他的手艺超过了他的师傅,师傅怕他出去以后另立门户,抢了自己的生意。

克里木请人给师傅做了几次思想工作,最终,他空手从师傅的店里搬出来,花三百块钱在老街口承包了一个馕坑。那时候,他没有钱租房子,就睡在马路边的树林带里。好在老街的生意人都认识他,许多面粉店的生意人都把自己的面粉拿出来让他先做生意。一个夏天过去,克里木的馕在石河子卖得比他师傅的还好。一个人忙不过来,他就招来几个徒弟,把自己的手艺传给了他们。现在他的这些徒弟分散在石河子一些小区门口,开着馕店用心地和克里木一起做生意。有些外地来的客人,吃了克里木打的馕以后,还嫌不过瘾,走的时候还要再买一些他的馕,带回去给自己的亲戚和家人吃。热心的老街人见克里木老实肯干,就把一个姑娘介绍给他做了新娘。

现在,克里木不仅把家安在了石河子,而且还在石河子市郊承包了一块土地。他说,有一块地,万一生意做不下去了,还可以回去种地。克里木的生意越来越好,短短的六年时间,他已经拥有了不少资产。现在,他已经不用自己打馕了。三年前,他在石河子老街开了两家刀具店。他说,这两年,来石河子老街旅游的人多了,他想把工艺手工小刀摆在这里,让来到这里旅游的人买一些回去做个纪念。尽管从心里,克里木依然热爱着自己的打馕工作,但为了让自己的生意做得更大一些,他还是放弃了。他说,石河子老街是个黄金宝地,在这里,你只要肯用心去做事情,很快就会挣上钱。

克里木还准备把自己的生意做到国外去。他说,那些地方缺少中国的食品……许多时候,站在自己刀具店门口,看着远处打馕的师傅,克里木还会忍不住走过去过一把瘾。现在,他和师傅的关系已经不再像以前那样僵了。闲暇的时候,两人还可以坐下来聊聊天。师傅说,克里木当初给他当徒弟的时候,他就看出来克里木是块好材料,以后能成大气候。因为这个孩子勤奋,干什么事情都很上心。

克里木说,他小的时候家里穷,没钱供他读书。现在开始做生意了,才知道文化的重要性。有的时候,想给家里写封信都很困难,更不要说跟别人交往了。现在,中国的生意也开始跟国际接轨了,没有文化,跟外国人做生意太难了。闲暇之余,克里木经常拿张报纸,遇到不懂的地方就向人请教,一些人笑话他,可克里木不在乎。他说,学文化是给我自己将来用的,别人爱怎么说,就让他们说去好了。克里木的人缘非常好,在老街,他有许多朋友。他说,做生意嘛,就是为了交朋友。有了朋友,做起事来才方便。为了招揽客人,他还别出心裁地把自己的商品,分门别类地挂在墙上和小屋的房顶上,像一个个工艺品,客人进来感觉既一目了然,又清新别致。所以,他的生意一直都非常好。

四

王新惠、王新华、王新河兄弟三人,从出生就在石河子老街,并在这里相继长大。他们的童年,是在石河子最动荡的年代过来的,尽管风雨飘摇,但没有任何灾难落在他们三兄弟的头上。他们三兄弟性格内向,言语不多。也许是因为性格的原因吧,三兄弟长大以后都从事技术工作,但他们的工作各不相同,工作的地方也不在一个城市。

王家兄弟三人,不但性格相似,他们的兴趣和爱好也基本一致。碰到节假日,王新惠的两个哥哥就带着他们的老婆孩子,回到他们的出生地石河子老街,和他们的弟弟及家人一起过。两年前,石河子成立了一个奇石馆,弟弟王新惠无意中看了一下,从此上瘾,每到周末和节假日,就开始往玛纳斯河边跑,恨不得把玛纳斯河里好看的石头全部放在摩托车上搬回来。王新惠说,他觉得石头和他的性格比较相似,所以,他看到奇石就喜欢上它,并一发不可收拾。

玛纳斯河是石河子和玛纳斯县的交界点,小的时候,王家三兄弟和老街的孩子们常常跑到河边去游泳。河两边满是石头,有黑色的、红色的、绿色的,还有各种颜色相交的。有一次,王家三兄弟和老街的一群孩子到玛纳斯河游泳,弟弟王新惠看见水边有一块绿色的石头,使出吃奶的劲把它搬回家,却被母亲骂了一顿,扔在屋后的垃圾堆上。后来被一个刚来石河子老街拾荒的人看见了，背到玛纳斯县城的玉雕厂卖了好多钱。

玉雕厂的专家说，这块绿石头，是玛纳斯河这么多年极少见的一块上等璧玉，如果雕刻成艺术品，价值连城。拾荒人听了以后，怕王家三兄弟问他要钱，连石河子老街都没敢回，连夜坐车跑回老家去了。后来听说，那个捡石头的拾荒人用他卖石头的钱，在他的家乡盖了一栋房子。玉雕厂的人把这个消息告诉王妈和王家三兄弟，没想到他们的表情却没有一点变化。王妈说，石头和玉这种东西，有灵性的，该是你的，别人拿不走，不是你的，你也守不住。

刚开始，王新惠捡石头，他的家人都不理解，认为他不务正业，乱花钱，后面随着他捡来的石头越来越好看，家里人也默许了。每个周末，他两个哥哥也坐车从外地赶过来，骑摩托车和他一起到玛纳斯河捡石头。功夫不负有心人，两年多时间，他们收集了各种形状的石头，有动物形状的，如狗、猴、鼠等，植物形状的，如梅花、树、竹子，还有像孔夫子、奥运会火炬、军垦第一犁形状的，这些石头造型逼真，形象奇特，吸引了许多爱好石头的朋友们，他们常常千里迢迢来到石河子老街，争相观看王家三兄弟收藏的石头。

这年夏天，一群外地的客人来到王新惠的家，参观了他们收集的各种石头之后，打算花五六万块钱买其中的一块，三兄弟不肯。他们说，我们收集石头，是为了收藏，不是为了卖钱。别人知道了以后，都说他们傻。一个破石头，能卖五六万元不错了，兄弟三人上班，一年也拿不到这么多的钱。再说了，石头在玛纳斯河多得很，今天卖掉了，明天还可以再去捡。买主就不一样了，今天遇到一个，明天说不定就碰不上了，到时候，你就是再想卖，也找不到人要了。

王家三兄弟只是笑笑，没有说话。他们知道，任何一种资源，都是可以用尽的，玛纳斯河的石头也一样。这几年，随着各地奇石的兴起，玛纳斯河边捡石头的人也越来越多，每个周末，沿河上去三四公里，河道里都是捡石头的人，黑压压的一片，有时候出去一天，也捡不到一块好石头。他们说，他们现在看这些收藏的石头，就像看自己的孩子一样，有的时候心里烦了，坐在石头面前看一看，心里就平静了。他们还说，石头像人，有灵性，只要你和它的缘分到了，你不用找它，它就会来找你的。

玛纳斯河的石头把王家三兄弟迷得近乎疯狂，有的时候人还没有出门，就已经想着要捡一块什么样的石头回来。好在玛纳斯河的石头多，捡的时间长了，三兄弟逐渐摸索出了一套捡石头的经验。沿河十公里以内，留给徒步和自行车队的石迷爱好者；二十公里以内，留给汽车队的石迷爱好者；三四十公里，他们才自己下车捡石头。

有一次，王新惠看到一块五彩石，他走到河边去捡，不料却被河水冲到河里。当时，玛纳斯河里的水又冷又急，人万一被冲走，后果不堪设想。王新华和王新河听到呼喊声赶过来，两兄弟齐心协力把弟弟从玛纳斯河的河水中救出来。为了从玛纳斯河捡石头，王家三兄弟已经骑坏了三四辆加重型的大摩托车了。他们最大的愿望就是凑够十二生肖石头，到时候，他们就可以把他们收集的石头拿出来，给周围的人看了。

老街的人说，王家三兄弟的性格像他们收藏的石头，沉稳中透着质朴，质朴中含着厚道。其实，石河子老街的人何尝不是呢！他们不管做人还是做事，性格都是坦荡的，好和坏一点也不去掩饰。他们说，我们的心都是挂在脸上的，不能作假，一作假，别人就看出来了。

老　屋

　　我们家的屋子在村庄的最后面，离村里其他人家的屋子，有六七十米远的距离。屋子是用土坯垒成的，随着时间的推移，已经破败得不成样子了。屋子的前面是一块菜园子，有一亩多大，菜园子里面长满了各种各样不同季节的蔬菜。蔬菜现在已经全部收完了，只有一片片枯黄的残枝败叶，在瑟瑟的秋风中轻轻地颤抖。院子中央，有一棵葡萄树，葡萄藤上的叶子已经落了，干枯得就像老人手背上暴起的一条条青筋，七扭八拐地相互缠绕着，透露着一种暮年的沧桑。空荡荡的院子里，到处铺满深秋的黄叶。

　　我年迈的父母盘腿坐在炕头，在逐渐暗淡下来的夕阳中，注视着我们的老屋。这时候，天已经快黑了，夕阳把秋天的最后一缕阳光，投射在我家的墙壁上，让一面落满灰尘的破镜子,反射出无数道灿烂的光芒,偶尔有一两片落叶被风吹得从我们家的窗户前掠过,像一只只飞翔的鸟儿,很快消失了,留下一片深秋的寂寞。

父亲的婚事

据说,我们家的屋子,是我爷爷来新疆时修建的,离现在已经有三十多年的时间了。当时,我的父亲从部队转业,去新疆已经两年多了,但他却丝毫没有想把我的母亲和他八个月的儿子接走的意思。他是我爷爷最大的一个儿子,在他二十岁的那一年,我的母亲经媒人介绍,嫁给了我的父亲。那时候,中华人民共和国刚刚成立,已经流行自由婚恋。正忙着在扫盲班识字的父母,在得知了这个消息之后,都坚决不同意,他们一致抵抗我的爷爷。我爷爷被激怒了,对父亲动了家法,逼得我父母订了婚。订婚以后的父母,虽然还在一个村子里住着,但两人再碰面时都扭过头去,谁也不肯理谁。我爷爷没有办法,只好和我大舅商量,让我的父母早日完婚。因为父亲是家里的长子,按村里的规矩,他的结婚仪式要办得非常隆重讲究。

结婚的前三天,我爷爷先请来村里的几个好朋友,把五斗麦子和一套新布料当作聘礼,给我大舅家送过去,然后又去邻村的人家,买来一头很壮的大肥猪,宰好准备第三天待客时用……就在大家忙着准备婚礼的前一天下午,村里的人突然发现,我父亲不知道在什么时候,突然消失了,而且消失得无影无踪。爷爷带着全村的男人,在方圆二十公里的地方找了一遍,依然没有我父亲的踪迹……一周以后,部队送来了一张大红喜报,爷爷才知道,我的父亲已经和村里的几个愣头小子们一起,参加了抗美援朝志愿军,雄赳赳气昂昂地向鸭绿江方向走去了,和他同行的还有父亲的远房哥哥狗子,他和我的父亲是一个部队的。

消息传到我母亲那儿的时候,她正站在院子中间晾衣服,没等来人把话说完,她就一屁股跌坐在地上,哭得天昏地暗。在那个年代,女人一旦订了婚,就意味着你是对方家里的人,不管有没有举行婚礼,村里的人都认可。母亲哭了很长时间,才突然想起来找我大舅坚决地要求退婚。我大舅听完我母亲的话以后,脸一绷,瞪了她一眼就出门走了,于是我母亲就更加伤心了,她一直哭到太阳落山了才拿只鞋样,在我大舅妈的劝说下,回屋里继续做昨天没有做完的针线活。

父亲在部队上表现特别出色,不到一年,就被组织提了干,升成了排长。他在部队驻扎的附近谈了一个对象。女方是部队医院的一名年轻护士,人长得非常漂亮。父亲写了一封信,把退婚的意思表达给了我的爷爷,可是我的爷爷却把信偷偷地藏起来。他想,我家有四个儿子,老大不同意,那就留给老二。老二比父亲小一些,还没到领取结婚证书的年龄。父亲不知道我爷爷的打算,他把信寄出去以后,就开始着手办理婚事了,他先给部队写了一份结婚申请报告,然后在部队附近的老乡家租了一间房子,借了一辆手推车带人去接新娘。那天,正好是星期天,父亲推着手推车都快要到新娘的门口了,狗子来找他串门,听说了父亲结婚的事,拔腿跑到部队首长的办公室……部队首长了解完事情的来龙去脉,立刻派人把我的父亲叫了回来,由组织出面,判决了离婚。

父亲在部队上受了处分,他回村后在爷爷的责骂声中跟我母亲办完了结婚典礼,一个月后就转业分配到新疆,从此以后,和我母亲断了音讯。母亲是在我父亲走了以后,才从邻居狗剩妈妈的口中听说这件事的。她当时非常痛苦,一个人坐在家后面的山坡上,哭了整整一个下午。那时,母亲已有身孕,后来生下了我大哥,父亲却装作什么都不知道,偶尔写来一封信,也是给我爷爷的,里面只字不提我的母亲,好像在他的家里压根儿就不存在这么一个人。因为在他的潜意识里,破坏他婚姻的,不是我爷爷而是我的母亲。所以,在他去新疆的一年多时间里,就没有打算接母亲过去的意思。这一年,村里出现大规模蝗灾,万亩粮田颗粒无收。母亲抱着出生才七八个月的儿子,坐在炕头昼夜啼哭。我爷爷只好再次拿出他当家长的威严,托人写信让父亲寄来一封探亲证明书,带着我母亲和我七八个月的大哥,踏上了去新疆的路途。

新 疆 之 行

那时候,新疆的火车站还在哈密,我爷爷带着我母亲和大哥,在火车上吃完了身上带的所有食物,下车以后,就一路乞讨着寻找我父亲。十几天以后,他们来到我父亲的工作单位,当时天已经完全黑了,我的父亲正坐在大门口的值班室上班,突然,门被推开了,伸进来一个蓬头垢面的脑袋。父亲吓了一跳,他跳起来刚要质问,却听到爷爷试探着叫他小名的声音。我父亲当即就哭了,他冲出房门,一边帮我爷爷拿行李,一边把他们祖孙三人带到单位的值班室。当时,我父亲刚刚吃过晚饭,剩下的小半碗菜和一个白面馒头,随意放在值班室的桌子上。我大哥饿得饥肠辘辘,他一进门就看到了剩下的那个白面馒头,眼珠子瞪得都快要掉下来了。我父亲没有注意到,他只顾拉着我爷爷伤心地哭泣,我的大哥饿得受不了放声大哭起来。我父亲这才看见我母亲怀中的大哥,他赶紧提个钢精锅,出门去打饭。

当时,父亲单位有食堂,等他赶过去,食堂的工作人员已经下班了。他只好来到隔壁的邻居家,借了三碗米,打算给我爷爷他们蒸一锅米饭吃。那时候,新疆的粮食够吃,我父亲单位的食堂,一日三餐不是白面馒头就是米饭。我的爷爷和母亲自然是开心不已,在经历了许多天吃不饱的日子,他们的肚子早就咕咕叫了。三碗米下锅,眼看着米饭快要出锅了,隔壁同事的母亲却走过来拦住了我父亲。她说,过于饥饿的人,不能吃像米饭这样太干的食物,否则就会积食。我父亲只好把已经做好的米饭,收起来放在一边,借来大娘的锅重新煮了一锅白米粥。我爷爷一连吃了八碗,还说没有吃饱。我父亲吓坏了,他连忙抢过我爷爷手中的碗,说什么也不敢让他再吃。我爷爷还是给撑坏了,当天夜里,就被父亲送进了县城的医院……

这次的重逢,让我父亲的情感发生了天翻地覆的变化。不知是经历了这次艰难的重逢,还是看到儿子……当天晚上,父亲先找到单位的单身同事,给我爷爷找了一张床,然后又写了一份申请报告,找到管后勤的领导,领来一张单人床,拼在自己床的旁边……我母亲被他深深地打动了,从此定下心来,准备和我父亲好好过日子。我大哥却说什么也不行,见到我父亲,他就拼命地哭叫,从此父亲对大哥的厌恶,不知不觉从心底冒出来。

父亲给我爷爷和母亲办理了城镇户口,然后又把他的三个弟弟的户口一个一个地转过来。一时间,父亲的名字在村里被人传得沸沸扬扬,于是,村里人不管和我们家有没有关系,只要听说过我父亲的名字,全都拖家带口千里迢迢地来到新疆,挤在父亲的单人宿舍,哀求帮他们找一条生存的路。我家从此就变成了收容所,每月的粮食都吃不到月底,我的大哥整天饿得围着锅灶放声大哭。我父亲很着急,他四处托人,想办法把挤在家里的乡亲送出去打工,没想到,他送得越多,来得就越多。父亲最后没有办法了,他只好睁一只眼睛闭一只眼睛,任由那些人待在家里。村里的人不愿意了,他们认为我父亲不诚心帮助他们,联合起来,把我家能拿的东西,都偷偷地拿出去卖掉。

我父亲忍无可忍,但又拉不下面子来撵村里的人走……正在他感到万分为难之际,单位动员他们下乡支援农业第一线,父亲没有和母亲商量,就报名参加了,等他带着全家人来到农村以后才发现,村里其实一无所有,分给他的房子竟然是一间废弃多年的破羊圈。父亲从此一蹶不振,他整日躺在家里的那张大土炕上,靠我母亲一个人干活为生。我母亲这时候又怀孕了,她终日挺着个小锅一样的肚子,在地里家里忙个不停。爷爷看不下去了,他指挥我三个刚成年的叔叔,也跟着我母亲一起下地干活。我家的日子,才稍微好过了一点,但是,我的父亲却从此失去了往日的雄风。

心在流浪的女人

就在这一年冬天来临之际,我母亲再次生产。这次,她又为我父亲生下了一个儿子。当时,我父亲正躺在我们家大土炕的另一头,闷头睡觉呢!母亲痛苦的呻吟声和婴儿响亮的哭泣声,好像都没能吵醒他。帮忙接生的老太太看不下去了,她走过去掀开父亲身上的被子,对着他的屁股狠狠地拍了一巴掌说:"哎,儿子都生下了,还不给做一点好吃的吗?"听说又生了一个儿子,我父亲突然像换了一个人一样,二话没说翻身从大炕上爬起来,跑到生产队长家借来十个新鲜鸡蛋,一下子全部打进开水锅里面,帮忙接生的老太太跑过来刚想阻拦,但是已经来不及了。因为破羊圈漏风,我母亲还没有出月子就病倒了,父亲只好把她送进了乡村卫生所……担心我母亲再出意外,生产队长主动出面,给我们家分了几根白杨树椽子,让我们家选块地方盖房子。

我爷爷这下开始忙了,他一连在村子里转了三天,才看中了村外的一处名叫老哇窝子的荒地,作为我们家的宅基地。村里的人都很吃惊,他们觉得我爷爷眼光差。"老哇"本身就是一种不祥的鸟,在它的窝里盖房子,绝对不会有好事。但我的爷爷却很坚持,他带着我的父亲和叔叔们去村外的柳树上,削了很多柳树条子背回来,埋在宅基地的四周。他很严肃地告诉我的父母,除了我们本家的人,任何外姓的人,都不能在他插的这个柳条圈子里面盖房子。我父母心里虽然不以为意,但还是点头答应了。他们在心里寻思,这样的破地方,就是倒贴给钱,怕也不会有人愿意来住……可是就在我们家打算破土动工盖房子的时候,却来了一个姓李的外地人,他带着一家老小坚持要求把自己家的房子,也盖到我们家的柳条圈子里面。

我爷爷说什么也不同意,他站在柳条圈子旁边,手里拿着一把铁锹,一步也不肯离开。那天,我们村里的人第一次看见我爷爷发火的样子,他们吓得全都溜了,一连好几个晚上,都不敢再从我们家的门口经过。姓李的人家没有办法,在队长的再三调解之下,他们只好答应,在紧挨着我们家的柳条圈子旁边盖起了房子。

我家的房子盖得很快,虽然我父亲没有帮一点忙,但我的几个叔叔们却在母亲的带领下,打好土坯叫了人,不出七天,就把房子垒了起来。新房子盖好以后,父亲的情绪并没有多少好转,他每天除了白天下地干活,其余的大部分时间,都躺在家里的炕头上睡觉。他似乎打算把他这一辈子的瞌睡,在这一刻全都睡完。

母亲在这期间,又连续生了好几个孩子,因为生存环境差,有两个夭折了,其中大的已经接近两岁。看着孩子们的处境,母亲再次放声大哭,她把对自己的悔恨和对父亲的怨恨,全都糅合在自己的哭声里。一天,她托人送掉了家中年龄最小的那个孩子,然后乘人不备跳进村里新挖的那口水井。当时,天刚刚暗下去,许多人家吃完饭后还坐在自家的院子里,点上一堆麦草,一边纳凉,一边聊天。母亲把她的孩子们都哄睡着以后,就一个人躲在屋子的里面,点一盏只有指甲盖儿大小亮光的煤油灯收拾自己。她翻箱倒柜地找了好久,也没有找到一件像样的衣服。于是,她只好穿上那件补了无数块补丁已经看不出是什么颜色的旧衣服,悄悄地走出了家门。为了不引起村里人的注意,我母亲还特意挑了两个水桶,装作去挑水的样子。她本来是想从村口绕过去,走到井台上往下一跳就完事了,可她没有想到,我爷爷这一天都没有出去打柴火,他始终坐在自己家的院子里,目不转睛地注视着我的母亲。那天晚上,当母亲走到井台上,放下水桶刚刚跳进水井里,爷爷就和我大叔从后面追了上来。

当时,我的大叔还不明白我爷爷的意图,等他来到井边,看到我的母亲从井台上准备往下跳时才反应过来,他大叫一声冲过去,想拦住我的母亲,但是已经晚了,我的母亲已经头朝下跳进水井,我大叔紧跟着我母亲跳进水井,在闻讯赶来的村民们的帮助下,把我母亲从水井中打捞出来。我母亲全身湿淋淋的,人已经昏迷过去了。我大叔卸下井边一户人家的门板,把我母亲抬回了家。我父亲在母亲被抬进门的一瞬间,才从大炕上跳了下来。当他从村里人的口中得知母亲自杀的消息后,不顾一切地冲上去,抱住我母亲放声大哭。

母亲终于醒了过来,当她睁开眼睛做出的第一个动作,就是伸出手去,愤怒地厮打那些救她回来的人。她一边尖声哭叫,一边挣扎着还要往外跑,许多人的衣服都被撕烂了。村民们吓得纷纷向后退,他们不明白,这个平时看上去很柔弱的女人,哪里来的这么大的力气?我父亲这时总算明白过来了,他三步两步地赶到我的母亲跟前,跪在她的脚下……

这时候,我的兄弟姐妹们也被惊醒了,大家全都涌上去,死死地抱住母亲,害怕地哭泣着。孩子们的哭声,蹭掉了母亲最后的一点决心,她抱着孩子们的脑袋伤心地哭了。从此以后,父亲的表现比以前稍稍好了一点,但他在母亲的身体还没有完全恢复以前,就又变成了原来的样子,终日躺在家里的土炕上睡觉。母亲已经没有了和他吵架的念头,她整日闷着头,几天不和我父亲说一句话。

苦难的日子

　　叔叔们一天天地长大了,这时候,城里又开始在乡下招收工人。为了以后的前程,他们像一只只翅膀长大的小鸟,飞离了我们的家。我们家的人一下子少了许多,经济上的窘迫,也立即显露出来,特别是几个壮劳力的离开,使我们家的经济收入骤然减少。为了减轻家里的经济负担,我爷爷又出来帮我母亲了。他在多次劝说我父亲都没有作用的情况下,就带着我大哥拿着绳子,漫山遍野地去挖柴火。那时候,我爷爷已经六十多岁了,按村里的规定,六十岁以后的老人没有再挣工分的资格。家里没有钱买煤,只能以荒原上的柴草作为家中唯一的取暖手段。公家的东西不让动,我爷爷就跑到离村子一两公里以外的荒草滩上,把那些枯死的梭梭和红柳根挖出来背回家。大哥背小捆,爷爷背大捆,长途的奔袭和劳累,使得他们每背一趟柴火回来,就几天都吃不下饭去。

　　于是我们家的院子门口,就有了像小山一样大小的柴火。冬天到来的时候,闲下来的父母和他们的孩子们,都可以坐在热腾腾的火炕上,吃炒葵花籽或者炒豌豆粒,脸上有了难得的笑容。日渐繁重的家庭负担,使我的父亲更消极了。他每天除了上工,其余的时间,大多是去闲聊,抽烟也成了他生活中不可缺少的习惯。这时候,我母亲连管他的兴趣都没有了,她把自己的全部心思都用来关心自己的孩子们了。在那次跳井事件以后,我母亲就开始寻找被她送走的那个孩子,可是收养孩子的那家人,带着全家人和那个孩子,在一夜之间从村里消失得无影无踪。

　　我母亲一下子憔悴了许多,年纪尚轻的她,脸上开始有了第一道皱纹。村里的男人们都说,我的母亲长得太漂亮了,命薄,才摊上这样一个不知怜香惜玉的丈夫。我母亲后悔自己当年不够勇敢,没有毅然决然地和父亲离婚。她的两个小姑子(也就是我父亲的妹妹),就是在以前的丈夫离家出走以后,离婚改嫁他人的,现在生活得都很幸福。

母亲悲哀地感叹自己的孩子太多了,绊住了她前进的步伐。要不然,早在我父亲离开县城的时候,她就已经向父亲提出离婚了。当时,城里女人少。我母亲每次走在街上,都有许多痴情的小伙子,跟在她的身后,向别人打听我母亲的情况。那时候,我的母亲才二十岁,二十岁的母亲,梳着两条又黑又粗的长辫子,模样漂亮极了。因为我大哥的存在,母亲没有动过这方面的心思。现在,见我父亲如此不成器,懊悔的念头就又一次冒了上来,但是,母亲的孩子实在是太多了,多得她一想起离婚,心里就害怕得不行。

这个夏季,我们村来了一对年轻的夫妇,男的白皙英俊,女的小巧秀美,一看就知道是从城里下来的,他们还带着两个六七岁的小男孩。最先发现他们的,是我大哥和村里的一帮孩子。当时,我们村里没有什么可玩的娱乐设施,我大哥就带着村里的一帮孩子,去我家门前的老哇窝子掏鸟蛋吃。老哇窝子是我们家附近的一片野生树林,这里杂草丛生,各种各样的小动物都集中在这里,生老病死,一群一群的乌鸦落在树上,一天到晚"哇哇"大叫。村里的人都很害怕,认为这里不吉祥,走路都要绕开这一段路。

我大哥却不信这一套,他一有空就带上村里的孩子们来到这里,上树掏了鸟蛋煮着吃,村里的人都骂他是贼大胆。那天,我大哥来到一棵大树下面,他三下五除二地脱掉了鞋子,像猴子一样蹿到树上。那时候,鸟窝满树都是,平均每棵树的枝丫叉上,都有七八个,把树枝压得弯曲了下来。我大哥这天运气特别不好,刚把手伸进一个鸟窝,就尖叫了一声,差一点把旁边树上的一个小男孩吓得从树上掉下来。

小男孩听到我大哥的叫声之后,知道情况不妙,慌忙从旁边的一棵树上溜下来,凑到我大哥的身旁。当时,我大哥正捏着他的一根手指,站在那棵大树的下面,和他在一起的,还有一条黑底带着白花的蛇,只不过蛇已经被我大哥给打死了。我大哥捏着手指头,脸在极度的疼痛和恐惧之中变得有些扭曲。小伙伴们被他的样子吓坏了,他们七嘴八舌地围在我大哥的周围。因为每次他们走出家门之前,家里的大人们都告诫要小心蛇,一旦被咬了,就会死的。所以,他们都很紧张地盯着我大哥,一时不知道该怎么办。

有个小孩说:"我听我妈妈说,尿是解毒的,赶紧尿一泡尿!"他说着,就解开裤子往我大哥的手上尿了一泡尿,但我大哥的手还是很疼,并且慢慢地青肿了起来。孩子们都害怕了,有的甚至偷偷地准备溜回家去。我大哥却一言不发,他默默地看着自己渐渐发青的手指头,从旁边的地上扯了一根扯拉秧草,一圈一圈地绕在指头上,然后带着剩下的孩子们,像以前一样,来到村口的小河边,支起捡来的一个破脸盆,开始煮鸟蛋吃。当时,天已经很热了,我大哥的黑布衫上,渗出了汗水。他一生气,转身跳进身边的河水里面。其实,我大哥的心里也怕得要死,但他却不愿在其他孩子的面前表现出来。心想:"反正早晚是个死,不如我先洗个澡,死了也做个干净的鬼。"

这条小河是在我们家旁边的,每到夏季,就有许多大大小小的鱼随水流下来,游到我们村子的附近。我大哥拿来一个用柳条编制的大筐子,放在河水中,他俯下身子,一边推着柳条筐子往前走,一边紧张地盯着水面。他们经常这样抓鱼,碰到运气好的时候,一天能抓多半筐。鱼太多了吃不完,我母亲就把它们洗好撒上盐,放在屋顶上晾干,等着冬天到来以后,款待家里的贵客。我大哥一到水里,就忘了手上的伤痛,他飞快地推着柳条筐开始抓鱼,鱼儿荡起美丽的水花,一条又一条地钻进我大哥的大柳筐……

大哥正抓得上瘾呢，突然看见两个穿戴整齐的孩子站在岸边，远远地在看着他。大哥被这两个孩子吸引了，他好奇地从水里爬出来，提着那个湿淋淋的柳条大筐子，走到那两个孩子的身边。那两个孩子惊奇地看着我大哥，我大哥招呼那两个孩子和他一起下水抓鱼。两个孩子好像没有听懂我大哥的话，他们呆呆地盯着我大哥手中的柳条筐子没有吭声。我大哥看见那个小的孩子，还把一根手指放在嘴唇边上，轻轻地吮吸着，两眼盯着我大哥手中的柳条筐。

　　我大哥手中的柳条筐里面，已经有好几条红尾巴的鲤鱼了，它们用力拍打着柳条筐子的底部，一串一串的水珠从柳条筐子里面飞出来，溅到两个孩子的身上和脸上。我大哥知道，他们肯定是馋肉了，自从跟着父母来到村里，就很少吃肉了，粮油都是生产队发的。每年过年的前三天，生产队队长朱亚文就会带几个壮劳力，去村口的牛羊饲养棚，挑出来一些宰了，分给村民们改善伙食。这一天，是孩子们最兴奋的日子了，我大哥和村里的孩子们，就是用这种表情，远远地站在生产队的屠宰场边上，看着一块一块冒着热气的肉，从牛羊身上割下来。大哥挑了一条大鱼走过去，打算送给那两个孩子。那两个孩子却吓得一转身，跑进身后的一间破羊圈里。大哥提着鱼跟过去，看到了那对新来的夫妻……

　　我母亲是在下工以后，才听说这件事情的，当时的她，正端着一个盆子，蹲在家门口的井台前清洗鱼，那个女人挑着两个很大的空桶走过来，大概是第一次从这样的水井中打水，她显得非常生疏，我母亲看不过去，放下手中的鱼走过去帮助她。那个女人吃了一惊，她紧张地后退了几步，把井台让给我母亲。我母亲发现，她们两个是村里为数不多自己挑水吃的女人。她的眼睛一酸，一串泪水顺着脸颊流了下来。那个女人似乎也看出了母亲的心事，她同情地看着母亲，眼里也同样泛起了一层泪花。

　　第二天早晨一上工，我母亲就从生产队长的口中得知了那一家人的基本情况。男的叫王一飞,女的叫李诺,生产队长把他们两人分配到一个生产小组,和母亲一组干活。从那以后,每天上工,李诺都跟在我母亲的身后,像一只离开了母羊的小羊羔,满脸都是哀愁。李诺干起活来特别慢,很多时候,小组的人把手中的活干完了,李诺还在田地的中间移动,我母亲看不下去,偷偷看看左右没有人注意,立即伸过手去帮她干掉一部分。

我当兵的大叔来了一封信。他说,他现在已经从部队转业到地方开车了,希望我的爷爷有时间过去看看他。我爷爷去村里开了一封介绍信,背着简单的行李走出村子。村口的大路上,一辆红色的东方红拖拉机正在行驶,司机说他要去公社拉东西,请我爷爷上车和他同行,可是我爷爷却说什么也不答应。听人说,我爷爷以前是一个出家的道士,后来因为种种原因,才不得已回家种地的。家乡的人把他传得很神,可是我父母却看不出什么,他们在对待我爷爷的态度上,仍然像对待一个普通的老人。

叛逆的岁月

我的爷爷走后不久,村里就开始组织孩子们上学了。我大哥和村里四五十个六七岁的小孩子,集中到村头一间破旧的小土房子里,带着自家做的表面粗糙的小板凳,坐在用锅底黑抹过的大模板前面,老师站在用泥土垒起的台子前,抑扬顿挫地给他们讲课。他们的老师,是一个从县城分配下来的女人,名叫马素珍。马老师只有三十多岁,她长得眉目清秀,一看就不是小地方出来的人。第一天去上课,她就被吓了一跳,这帮从小在村子里土生土长的野孩子,让她一时手足无措。她教孩子们学最起码的礼貌用语,大哥却怪声怪调地模仿她,引得学生们哄堂大笑。学生虽然调皮,但作为老师,她需要认真地去对待每一个学生……渐渐地,她和学生的冲突,就在不知不觉中产生了,特别是和我大哥,他从小生活在自由自在的空间里,从来没有受到过任何的束缚,现在突然一下子让他走进教室,安安稳稳地坐在教室里听老师讲课。这种事对于我大哥来说,是绝对做不到的。于是,在老师为他们上课的时候,他就想方设法地和老师作对。

他们班上有一个外号叫"地不平"的孩子,生来就有一些智障。大人们说,他母亲在和他父亲结婚之前,就怀了别人的孩子。因为是大姑娘,她不好意思去医院做流产手术,就自己在家里瞎折腾。她白天用一条两米长的床单布把自己的肚子裹起来,防止别人看见,到了晚间,又睡在大土炕上,等家里的人全部睡熟了以后,在院子里又蹦又跳。她希望孩子能快点掉下来,把她从这种尴尬的状态中解救出来,可是这孩子却领悟不到,他整天躺在母亲的肚子里,任凭她想尽办法也不肯出来,愣是等到足月了才出生。他母亲不得已,只好嫁给了其他人。

因为是个野孩子,家里没有人喜欢他。他母亲一生下他,就把他扔在炕头的最里面,不给他一口奶吃,饿得他整天像只小猫一样,嗷嗷地直叫。他的奶奶,也就是他母亲所嫁男人的妈妈,是个信佛的老人。她明知这个孩子不是她儿子的,但还是把他抱过来,用小锅煮了米汤一点一点地喂养他。在奶奶的精心照顾下,"地不平"终于活了下来,长大以后,因为一条腿和一条胳膊不正常,村里的小孩子就喜欢欺负他。

村里的孩子都不愿意跟他玩,他就整天跟在我大哥的身后,想方设法地讨好他。不知道是我大哥的友善打动了他,还是我大哥的霸气镇住了他,总之,在我大哥的面前,他从来都是一副唯唯诺诺的样子,我大哥说什么,他就听什么。我大哥被母亲管得比较严,有什么欲望也不敢明确地表现出来。"地不平"看到了这一点,就拼命地帮他表现,并且表现得有过之而无不及。于是我大哥便更得意了,有的时候,他自己想干什么事情而又不敢出面的时候,就怂恿"地不平"去干,他自己则躲在一边看热闹。上课的第一天，我大哥就被老师任命为班长，他心里不愿意却不敢说出来，就把目光投向"地不平"。

"地不平"明白我大哥的心思，他先趁其他的同学不注意，偷偷在马老师的讲课桌上，放上几条毛毛虫吓唬她，然后又用一根很粗大的铁棍，打断了马老师课桌的桌腿。马老师对这一切毫不理会，"地不平"没有办法了，他只好装出一副无赖的样子。不管什么时候，只要马老师一走进教室，他不是躺在讲台上睡觉，就是坐在桌子上打盹。老师叫醒他，他就坐在小板凳上，怪声怪调地模仿各种动物叫，逗得我大哥和学生们哈哈大笑。课没有办法上了，马老师生气地走过去，在"地不平"的身上狠狠地推了一把，"地不平"顺势躺在地上装死。马老师害怕了，只好带着我大哥和其他几个同学，抬着"地不平"去公社的卫生院。

这件事情很快在公社传开了，有关领导当即命令学校停了马素珍老师的课，让她给"地不平"道歉。当时，孩子们都还小，没有明确是非的观念。他们对马老师的感觉，自然是不喜欢的。马老师经过这件事之后就离开了我们村。

家族的荣耀

我爷爷在我大叔家待了一段时间之后，又回来了，他背了一个很大的面口袋，里面装了许多我们从来没有见过的食物。他说，我大叔转业以后，找了个女人，马上就要结婚了。结了婚以后的大叔没有再回来，他把已经上五年级的我大哥从村里接走了。在城市的学校，我大哥学习很认真，他意识到曾经的错误行为并十分懊悔，便常常按以前马素珍老师教他的方式去做事，现在的老师非常喜欢他。

大哥先是学习得了第一名，接着又连跳两级上了初中。大哥在学校的表现，让我父母觉得脸上很有光彩。每次回家，母亲都偷偷地给他做一大碗米饭，背着其他的孩子让他吃下去。父亲的脸，被我大哥的光辉映照得光彩照人。为了找回自己失去已久的尊严，他开始以谎言来粉饰自己。我父亲的谎言说得很圆满，每次他都能让人完全相信。上了当的村民们往往在第二天早上清醒了之后，才开始反应过来，他们很是愤怒。村民将这种怒气，找个机会发泄到我母亲和她的孩子们身上……这时候，我母亲已经学会了忍耐，她常常对我父亲的谎言无动于衷。大哥的荣誉以及她和李诺的友谊，让我母亲变得对任何事都宽容了许多，她开始变得快乐起来。

儿女们都陆续长大了，而且个个长得人见人爱。我父亲也收敛了很多，生怕孩子们会瞧不起他。我大哥开始上高中了，他成了我们村里文化最高的人。村里的人都很敬仰他，就连生产队长每次见到了我大哥，都换上一副笑脸跟他说几句话。村民对我父亲的态度，也开始了一百八十度的大转弯。父亲低下去很久的脑袋，在我大哥的光辉照耀下，再一次高高地抬了起来。

我大哥的大部分时间，是住在学校里的。每隔一段时间，他都会回到村里，看看我的父母。他回来的时候，常常穿一身草绿色的衣服，衬出他那张渐渐长大成熟起来的脸。他一边在村里随意地走着，一边用城里人的口音，跟村里的人打招呼问好。村民们都羞红了脸，他们笨拙地回应着，说惯了乡村土话，突然冒出几句不太标准的普通话，让他们自己听着都感到很不舒服。

爷爷的辉煌

在我们村里,有个不成文的规矩,不管是大人还是小孩子,都把五六十岁的男人称为"老汉",唯一称"爷"的,只有村东头的周万发。他年轻的时候,在大户人家的店铺里做过伙计,不但能写会说,还打得一手好算盘。村里的人有个什么事,都爱去找他,大伙儿恭敬地称他为周爷。这一年的冬天,村里下了一场罕见的暴雪,早上起来,牛棚的看牛人发现,村里的牛在一夜之间全部失踪了。茫茫的大雪,盖住了地上所有痕迹。生产队长急了,这是村里几百号人的共有财产,如果丢了,他没有办法给大队的领导交代。生产队长立即拿起一个大喇叭,召集全村的男劳力,在村子的四周开始寻找,可是一直没有发现牛的行踪。

我父亲回到家,无意中在饭桌上说起了这件怪事。我爷爷放下了手中的饭碗,他仔细地询问了牛丢失的时间和地点以后,就抬起手指轻轻一点,对我父亲说:"你们出去以后,一直向东,往四五公里以外的荒草滩上去找,保准能找到。"我父亲把爷爷的话告诉生产队长,可是生产队长却说什么也不相信。他认为一群牛再怎么跑,一夜之间也不可能跑那么远。我父亲没有办法,就只好把家乡关于爷爷的传说,讲给生产队长听。生产队长半信半疑,但事情已经到了这一步,也只能听信爷爷的话。他骑马带着村民们向我爷爷所说的方向找过去,果然在距离村庄四五公里的荒草滩上,找到了牛群。生产队长大喜过望,他亲自带着全村的村民,来我家向我爷爷谢恩。

我爷爷的名声,很快在村庄四周响亮起来,而且超过了村里的周万发。村里的人家或附近其他村庄的人,家里丢了孩子或者是鸡狗,都来找我爷爷给算一算。我爷爷每次都算得很准。村里的人都开始敬佩他,恭敬地称呼他为萧爷,他变成我们村继周万发之后的第二个"爷"字辈的老人。我爷爷变成萧爷以后,依旧像往常一样生活。村里一些年轻人来找他算命,他都一概不答应。

这一年春天,我们村又来了一户人家。他们找到生产队长,要求在我们家围好的柳条圈子里面盖一套房子。我的父亲不好意思拒绝生产队长的劝说,趁我爷爷出去打柴不在家的时候,偷偷同意让那家人把房子盖到我们家的柳条圈子里面。房子的地基都已经铲好了,我爷爷背着柴火回来了。他手中拿着一根胳膊粗的大木棍子,站在我们家的院子门口,说什么也不让那家人盖房子。那一家人没有办法,只好在我家柳条圈子外面选了一块地方盖房子。他们家有很多孩子,最大的一个男孩叫成娃子,和我大哥的年龄差不多大。

日子就这样平静地过下去,到了第二年的冬天,我爷爷又要去大叔家了……成了家的大叔又写信来,让我爷爷去他家住上一段日子。这一次,是我大哥送爷爷去公社坐汽车的,在慢慢长大的孙子面前,爷爷突然变得和蔼了很多。他走在去公社的土路上,语重心长地告诉我大哥,如果没有什么要紧事的话,他打算在我大叔家待上一个冬天。家里的柴火已经够烧几年了。我大哥自然是没有什么好说的,父亲去儿子家天经地义,但是我爷爷却很快又回来了,这次,他除了身上穿了一件我大叔的外衣以外,什么也没有带回来。原来,我大叔结婚以后,婶婶就把她的奶奶接去了。她说我大叔长年在外面开车,她一个人留在家里害怕。

这个老太太到了我大叔家,一住就是两年多,而且还没有要走的意思。我大叔不愿意了,他认为养儿防老,自己的父亲还在乡下受苦呢,实在是太不孝顺了。于是,他暗下决心,私自做了一回主,准备让我爷爷去他家。当然,他的这些计划,只是放在他自己的心里,我爷爷和婶婶都不知道。那个老太太比我大叔还精明,她一看见我爷爷,就明白我叔叔的心思,她有我婶婶撑腰,没有把我爷爷和大叔放在眼里。每次看我大叔出差不在家,就冷言冷语地欺负我爷爷,想把他撵走。

我爷爷果然生气了,他觉得儿子的家就是自己的家,所以,他理直气壮地去顶撞我婶婶的奶奶。老太太受了委屈,就哭着找我婶婶告状。我婶婶也是个孝子,她当即拉下脸来和我爷爷吵架,又摔碟子又摔碗的,让我爷爷连饭都吃不安稳。我爷爷一气之下,拉开门走出去,他本来想回家,但是因为不认识路,又被好心的过路人送回我大叔家。这时候,我大叔刚好出差从外地回来,他看到我爷爷的样子,心里非常难受,推开车门跳下去和我婶婶吵架。我婶婶的奶奶冲过来,对着我大叔和爷爷又吵又闹。我爷爷忍受不了,坚决要求我大叔送他回我家。我大叔没办法,只好连夜开车,将我爷爷送了回来。

我爷爷回家以后,突然变得沉默了起来。很多时候,他不是一个人坐在墙根下晒太阳,就是站在房顶上向远处张望。村里的人都感觉到,我爷爷这次回家以后,突然老了很多。在一个点着煤油灯的晚上,他突然对坐在炕头,正忙着给家里的孩子们缝衣服的我母亲说:"你要是有空了,去给我扯块布,把我的衣服做一下。"我母亲吃了一惊,她知道,我爷爷所说的衣服,并不是指我们平常意义上所穿的普通衣服,而是人死了以后,下葬时穿的衣服。我们村里的人都称它为老衣。这种衣服,一般在老人活到了六十多岁的年龄,才由家中的女儿或者媳妇给缝好,放在家里以备不时之需的,我的母亲照做了,这么多年养成的习惯,她凡事都不去问为什么。

老衣缝好以后,我爷爷突然精神起来,他找出好久不用的绳子和锄头,准备去村子外面的荒草滩上打柴火。无论村里的人和我父母怎么劝,我爷爷都不听,并且他还很坚决地带上了我的大哥。这天,他们回来得很晚,但每个人脊背上背的柴火却不多。大哥告诉母亲,爷爷在选自己的墓地。

大哥的理想

　　大哥高中毕业以后，就带着一帮同学回家种地了，他说这是上山下乡。我母亲不懂什么是上山下乡，但有一点她看得比谁都清楚，那就是她辛辛苦苦供了几年学的儿子，又回来种地了，这叫她从心里感到失望。我大哥回家以后，没有被母亲的情绪所感染，他每天带着一帮子年轻人，不是挖水渠就是改良土壤，把村里搞得轰轰烈烈的。每天晚上在收工回来以后，还组织一帮年轻人在村口的空地上，表演文艺节目。村里的人全都围过来观看。我母亲的心也逐渐平静下来，不再说什么了，人家很多城里孩子都来我们村里种地，更何况我大哥这样的农村娃娃呢！

　　我大哥不但会写文章，而且还拉得一手绝好的小提琴。每次节目的最后，他都会给村民们演奏上一曲。这时候，他会穿上那件银灰色的中山装，走过来站在场子的中央，对着全场弯腰鞠一躬，然后拿起他的小提琴往肩头一搭，手指轻轻一动，一首美妙的乐曲就从他的手指间轻快地流淌出来。那悠扬的旋律飘在村子的上空，打动了无数姑娘的芳心。她们在许多个夜深人静的晚上，钩织一条条白色的领衬，偷偷夹在借我大哥的书本中，找机会送给他，这中间就包括生产队长的女儿柳儿。

　　柳儿是一个长得很漂亮的姑娘，她只比我大哥低一届。在学校，她就经常听村里的人说起我大哥。现在能和我大哥在一起劳动，她心里非常高兴，一天不见我大哥，就像丢了魂似的，可是大哥却从来没有正眼看过她。常年跟城里的人一起生活，我大哥已经忘了自己是一个乡下的农村人，他只把眼睛放在和他一起来村里插队的城市女知青身上。柳儿看到了，心里很失落，她常常一个人坐在村口的麦草垛上，远远地看着我大哥和那些从城里来的姑娘和小伙子们一起唱歌跳舞。柳儿的父亲很生气,他认为自己的女儿能看上我大哥,那是我大哥天大的福气,可是我大哥却不把这份感情当回事,分明是无视他的存在。有一次,他去公社开会,拿到了一份推荐我大哥上工农兵大学的推荐表,就毫不犹豫地填上了柳儿的名字。柳儿拿到推荐表以后,依然不死心,她临走之前再次去找我大哥,想和他好好地谈一谈,但被我大哥坚决地拒绝了。他说,天生我材必有用。

我大哥没有上成大学,但比以前更勤奋了。他利用自己在学校所学的知识,改造了村里的民用电,让村民们结束了用煤油灯照明的历史。他还用自学的无线电知识,在村口的一棵白杨树上,架起了一个银灰色的高音喇叭。每天晚上,村里的人一边在家里干活,一边就能听见我大哥带着全体知青自编自导的文艺节目。这一年,我们村里来了一个连的解放军战士,他们挨家挨户地住在村民的家里,说是在野营拉练。我大哥也组织起了村里的年轻人,每人做了一支木头枪,跟在他们的后面一起训练,村里的人把他们称之为基干民兵。每天吃完晚饭以后,他们还自发地组织起来,分成几个小组去田野里,帮助生产队看护庄稼,防止有人或者野生动物毁坏庄稼。那时候,村民晚上睡觉,家家都不用关上门和窗户。

我大哥的光荣事迹,被上面派来的记者写成了文章,发表在报纸和广播电台上。我大哥成了村里和县上的名人,方圆几十公里的地方,没有人不知道他的名字。我大哥变成名人以后,依然改变不了当农民的命运,每次早晨,他扛着一把铁锹,终日跟在我父母和村民们的身后,去村子外面的庄稼地干活,微风吹起来的黄沙,不停落在他的头发和衣服上。我大哥的心里很不舒服,他想不通自己上了这么多年的学,难道就是为了要和没有文化的父母一样,长年生活在这样的环境中?为了离开这样的环境,我大哥更加努力工作了,不管生产队上有什么活,只要被他知道了,他都去抢着干,而且干得非常出色。

这就给公社和县里下来检查的领导们留下了非常深刻的印象。每次他们来村里或者来大队检查工作,总要叫我大哥过去汇报工作。他们对我大哥的重视,让我大哥始终觉得,自己不久就会出人头地,摆脱像我父母一样的生活模式了。为了实现这个目标,我大哥拼命地努力着。有几次,他都累虚脱了,差一点晕倒在一望无际的庄稼地里,但是不管我大哥怎样努力,他依然留在我们村子里。眼看着来村里插队落户的知青们,老的一批走光了,新的一批又开始走,我大哥再也沉不住气了,他没有请假就到县城,找以前召见过他的那几位领导,打听一下他工作的事情。那几个领导见了我大哥,只是客气地对他点了点头,就推脱有事,各忙各的去了,好像他们和我的大哥之间,没有任何关系。

　　我大哥感到莫名其妙,他搞不清这到底是怎么回事。一个先调回来的同学告诉我大哥,县里曾经发过很多次调令,打算把他调到县城来工作,可是我大哥一直都没有过来。县上领导不知道怎么回事,他们在一次去公社开会的时候,碰到了柳儿的父亲,他告诉县上的领导,我大哥看不上这些工作,他不愿意来。于是,县城的领导都觉得我大哥骄傲自大,谁也不愿意再用他。

　　我大哥的工作,就这样被耽搁了下来,而且一耽搁就是好几年。他开始变得沉默起来,见到人也不愿意说话了,每天晚上,都坐在我家屋子后面的那个小沙包上,拉自己的那把小提琴。琴声如泣如诉地从我们村子的上空划过,让我们家每个人都流下泪水。每当这个时候,邻居家的成娃子就走过来,坐在我大哥的身旁,默默地陪伴着他,可是我大哥却从心里看不上他。听村里的人说,成娃子也爱上了柳儿,并且爱到了痴迷的地步。不管村里的什么地方,只要一出现柳儿的身影,他都会第一时间跑过去,看着柳儿傻笑。柳儿不喜欢成娃子,每次只要一看到他,就远远地躲开。成娃子和我大哥一样,都成了村里最孤独最失意的人。尽管这种孤独和失意,对他们两个人来说,性质完全不同。

私下里,我母亲也曾劝过我大哥,希望他能去柳儿家,给生产队长说几句软话,可是我大哥说什么也不肯去。母亲没有办法,只好背着我大哥,偷偷去找生产队长。这时候柳儿的父亲,已经完全不把我大哥放在心上了。当我母亲推开门,走进生产队长家的时候,柳儿的父亲正坐在一条大土炕上抽莫合烟,他看到我母亲以后,连身体都没有挪动一下。听完我母亲的恳求,生产队长只是哈哈一笑。柳儿现在已经上完两年大学回来,在公社的小学当老师,成了一个彻头彻尾吃公粮的人。她已经把我大哥忘记了,和一个城里分下来的小伙子谈恋爱,听说马上就要结婚了。柳儿的父亲嘲笑着说:"这年头,三条腿的蛤蟆难找,两条腿的人遍地都是。"他说完这句话以后,把抽了一半的烟头往地上一扔,从大土炕上下来,推开房门走出来,只把我母亲一个人孤零零地留在他的家中,我的母亲呆呆地站在柳儿家的房屋中间,好半天都没有回过神来。

村里的知青全都走完以后,我大哥的情绪更加坏了,他长时间地把自己关在房间里,不到吃饭的时候不出来。我父母商量了好久,决定给他娶个媳妇,暖暖他的心。上了几年学的大哥很明白,现在结婚对他意味着什么,他坚决地表示抗拒。离开了城市的大哥,就像离开了水的鱼一样,突然变得没有了生机,人也一天天地变得消瘦下来。尽管这时候,我们家的日子已经逐渐好起来,母亲每天做饭,都会想方设法地给我大哥做一些好吃的东西,可是我大哥却怎么也咽不下去。我母亲看着心痛,但又想不出什么好的办法来帮助我大哥。这时候,我们村里又来了新的政策,家家户户可以养一些鸡、猪、羊等,搞活庭院经济,可是我大哥却怎么也睡不踏实。每天晚上,他的小提琴都拉得让人心碎。

这一年的冬天,我爷爷又要走了,但他走的时候,却显得心事重重,脸上的皱纹也好像突然之间变深了很多。他临走的前一天晚上,把我大哥叫到他的炕前，交代了很多家里的事情。他告诉我大哥说，不要再想其他的出路了，尽快找一个女人结婚生子。我大哥沉默着，没有回答。我爷爷又提了几个村里姑娘的名字，说可以让我大哥娶回来做他的妻子，可我大哥却听不进去。这个时候，柳儿结婚了，她满脸喜色地坐在一辆崭新的飞鸽牌自行车后面，跟着那个城里的小伙子走了。村里的人们都远远地尾随着，看着柳儿和她的丈夫骑着自行车走出村子。生产队长今天显得格外高兴，他大把大把地抓起炒葵花籽和花生糖之类的东西，慷慨地撒在家门口的空地上，村里的孩子们全都围过去，争先恐后地抢夺。

成娃子就是在这个时候变傻的，他跟在那群小孩子的身后，把抢到手的瓜子和花生糖，全都撒在自己的头上和身上，带着哭腔叫喊说："结婚喽！结婚喽！成娃子和柳儿结婚喽！"村里的人都怔住了，他们莫名其妙地看着成娃子，不明白是怎么一回事。生产队长第一个反应过来，他伸过手去，捂住了成娃子的嘴，说他喝多了，吩咐村里的几个壮小伙子，把成娃子抬着送回他自己的家。成娃子彻底傻掉了，他每天呆呆地跟在生产队长的身后，生产队长让他干什么，他就干什么。他说他是生产队长家里的女婿娃子。成娃子家的人也没有办法，他们只好把成娃子拉回来，关在家里。成娃子吃住都在一个地方。每天晚上，只要听到我大哥的琴声，他都会趴在自己家的窗户上，一动不动地听着。他家里的人无意中发现，有眼泪一样的东西，从成娃子的面颊上不断地滚落下来。

爷爷走后不久，国家就恢复了高考制度，我大哥立即像充满了气的皮球，突然又恢复了往日的活力。他从床下拖出多年不用的课本，擦掉上面的灰尘，开始用功地复习起来。高考还没有开始呢，我大哥的名字，就再一次被人提起来，并且传得很远。原因是他报考的四大志愿，都是全国最有名的学校，我们全县城的知青，都没有一个人敢报。由于从初中到高中，我大哥频繁跳级，他的基础知识并不扎实，但毕竟我大哥很聪明，在各种压力下,他复习得很用心。所以录取分数线下来,我大哥还是榜上有名,只不过是我们省内的两所普通大学。学校招生的老师找我大哥,希望他改一下志愿,但是我大哥却坚决不同意。尽管为这件事,我母亲险些哭干了眼泪,可丝毫也没有动摇我大哥的决心,他决定第二年再重新考。后来我大哥的成绩,一年不如一年,到了第四年,连他自己都没有勇气去看榜了。

这么多年的耽误,大哥的年龄在村里的未婚青年中,已经是最大的了,一些与他同龄的姑娘和小伙子,已经结婚,很多人孩子都有两三个了。幻想破灭后的大哥,开始变得现实起来,他决定听从我爷爷的建议,尽快找个人结婚。就在媒人带着我大哥四处奔走的时候,传来了我爷爷去世的消息,我大哥立即回家,把这个不幸的消息,告诉了我的父亲。尽管这么多年来,我大哥从心里瞧不起我的父亲,但他毕竟是长子,我大哥只能把我爷爷去世的消息,第一时间跑回去告诉我父亲。我父亲当时正躺在我们家那条占了大半个房间的土炕上睡觉,听了我大哥的话,立即从大土炕上跳下来,光着脚丫子在房间的地上转了几个圈,却不知道应该怎么办。母亲连忙跑进来,打开一个描着牡丹花的大红柜子,拿出了一些钱和一身干净的衣服,给我的父亲换上,催他立即去城里找我的大叔。

悲剧的产生

父亲一走半个月没有音信,等他再次出现在我们村口,把我的家人和村里的人全都吓了一大跳,他不是一个人回来的,身后浩浩荡荡地跟着五六辆大小不同的汽车。汽车车厢里面放着我爷爷的尸体……我的叔叔们从不同的地方赶来,披麻戴孝地跪在我爷爷的尸体前……我大叔哭着给大家讲述了我爷爷去世的经过。原来我爷爷是坐我大叔的车,在回家的路上,下车时被一辆迎面开过来的大车撞倒,当场就死了。我大叔的声音已经哭哑了,但他必须用嘶哑的声音,给我们家族所有人一个交代。因为无论如何,我爷爷是在去他的时候,被汽车压死的,这个责任他必须得负。

村里的人全都来到我们家,这中间也包括柳儿的父亲,他好像忘记了之前和我们家所有不愉快的事情,抽着莫合烟坐在我们家的炕头,帮我父母处理我爷爷的后事。劣质莫合烟的烟雾,弥漫在房间的每一个角落,也遮住了大家的脸。在烟雾缭绕的灯光下,压死我爷爷的司机单位的领导,站在另一个角落,向我的家人和村里的人重新讲述了我爷爷去世的全部经过。原来,我爷爷去我大叔家没多久,我大叔又出差了,把我爷爷和婶婶以及婶婶的奶奶三人留在家里。婶婶的奶奶不高兴,一天,她不知道为了一件什么小事,又和我爷爷吵了起来。那个老太太嘴巴很快,吵起架来像铁锅炒豆子一样干净利索。我爷爷吵不过她,一气之下冲上去,打了那个老太太一记耳光。那个老太太也不甘示弱,她转身走进厨房,拿起灶火门前的一根烧火用的铁棍,照着我爷爷的脑袋打了一下,我爷爷当时就被打懵了,他捂着脑袋一屁股坐在地上,鲜血顺着脸颊流淌下来。

我婶婶回来看到这个情景,吓坏了,她立即叫来几个单位的人,把我爷爷送到医院。我大叔回来以后不愿意了,他二话不说,抬手就对着我婶婶的脸,狠狠地打了一记耳光。我婶婶当时就哭了,她一气之下,拉着她奶奶离开了家。那天,天已经很晚了,我的爷爷头上缠着一条白色纱带,说什么也不肯继续住在我大叔的家中。我大叔本来想等我爷爷平静下来以后,劝他在自己家再住上一段日子,但是见我爷爷坚决的态度,知道已经不可能了,只得连夜开车把他送回我们家。一路上,我爷爷和大叔谁都没有说话,好像这一次和婶婶的奶奶的吵架,把他们父子之间的感情,也吵得淡了很多。

中午,车走到呼图壁县附近,我大叔知道我爷爷喜欢吃这里的一家羊肉泡馍，他就把车停在这家饭馆的门口，进去和我爷爷每人吃了一碗羊肉泡馍。我爷爷的心情总算平静下来，他跟我叔叔说，前面的一个十字路口，有他老家的一个熟人，他让我大叔把车开过去，他想过去看看那个人。因为我的爷爷不知道那户人家的具体地址，我大叔只好一边开车往前走，一边向路边的人打听。

在街中心的一个十字路口，我大叔终于打听到了那户人家的详细地址，他刚一脚刹车把车停在路边，我爷爷就拉开车门跳下去，等我大叔把车门锁好回过头，看见我爷爷已经开始横穿马路了。当时，我爷爷的耳朵开始有点背了，听不清楚身边的声音。我大叔小跑几步，紧跟在我爷爷的身后，突然一声刺耳的汽车喇叭声传过来，我大叔抬头一看，发现一辆装满物资的大卡车，快速地从马路上驶过来，我大叔伸手拉住了我爷爷的后衣襟，刚想让他停一下，那辆大卡车却已经快速地来到我大叔面前，带着一股强劲的风，把我爷爷卷到了车轮下面……

我大叔愣住了，他呆呆地看着那辆肇事车辆消失在马路的另一边，突然清醒过来，看到爷爷躺在了坚硬的水泥路面上。殷红的鲜血从我爷爷的身体里面流出来，染红了路边的积雪。我大叔全身颤抖地来到我爷爷的身边，他双腿一软，抱着我爷爷哭着跪在地上。四周的人全都围过来，好奇地观看。我大叔抬头一看，发现压死我爷爷的那辆大卡车，已经消失在马路的尽头。他这才反应过来，放下我爷爷，开车从后面追上去。

那辆大卡车司机，从倒车镜里面看见我大叔的车，知道跑不掉，只好把车停在了路边。我大叔扑上去，揪住那辆大卡车司机的衣领，把他从车上拉下来，按在地上狠狠地打了一顿。那个司机被打懵了，软塌塌地趴在马路上。我大叔把那个肇事司机拉到我爷爷躺着的地方，按着他的头，不停地给我爷爷磕头。围观的人跑过去，把这件事报告给了附近的交通部门。我大叔跪在地上，把我爷爷的身体抱起来，我爷爷的身体已经开始慢慢地僵硬起来……

　　肇事司机单位的领导刚把话说完，房子里就混乱起来，我的其他几个叔叔一起扑上去，揪住我大叔的衣领，狠狠地暴打。他们一边打着我大叔，一边哭喊着让他把我爷爷还回来。我大叔只是低着头，任由其他几个叔叔用力撕打着，一点抵抗的动作都没有。我父母看不下去了，他们从人群中走出来，把我的几个叔叔拉开。不管怎么说，我爷爷是住在我父母家的，他死了以后，最有发言权的当然还是我的父母。所谓"长兄如父，长嫂如母"！

　　看到房子里面平静下来，肇事车司机单位的领导，提出解决问题的办法。生产队长和基干民兵副排长代表我父母，参与了这次谈判。生产队长在这个时候，表现出了一种我们从来没有见过的豪爽和侠义，他不用我的父母再祈求什么，就义无反顾地站在我们家人的立场上，义正词严地向肇事车单位的领导提出了两个要求：第一，交出肇事司机；第二，赔偿我爷爷的命钱，并提供他的丧葬费用。第一个要求，就遭到了肇事车司机单位领导的反驳，他说我爷爷横穿马路，违反了交通规则，而我大叔也是汽车司机，陪在我爷爷的身边，这责任应该由我爷爷和大叔负责。他的话还没有说完，我大叔就冲上去，狠狠地打了那个肇事车司机单位的领导两记耳光。他说："他压死人以后驾车逃跑，难道也是我们的责任？"

　　问题处理不下去了，肇事车司机单位的领导站起来准备走，我的叔叔们立刻挡住了路……到了伸手不见五指的晚上，肇事车司机单位的领导，谎称要出去解手，偷偷地跑了，把三辆大大小小的汽车，留在我们家的门口。我爷爷的事，只好暂时搁浅下来，但他的尸体却不能不处理。生产队长指挥我父亲和村里的人，在我家的院子里搭起了一个灵棚，然后又让我的母亲，带着整个家族的女人和小孩，头上顶一条白布，腰上扎一根麻绳，跪在用红油漆刷过的白杨木棺材跟前。我大哥作为家中的长孙，手里拿着一个用白纸缠绕着的木棍,跟在村里一个德高望重的老人身后,挨家挨户地跪在地上,向村民们报丧。

第二天早晨,当生产队长带着村里的男劳力,准备去荒原上挖坟坑的时候,才发现我们家没有墓地。母亲突然想起了几个月前,我爷爷出去打柴的事情……我大哥带着生产队长和村里的男劳力,走到村外的荒原上。这时候,天上开始下雪,一场鹅毛大雪覆盖了整个村庄。母亲请来村里几个上了年纪的女人,准备给我爷爷换寿衣,可是当她打开放东西的柜子,竟然发现前一段时间刚刚给我爷爷做的那套寿衣找不到了。她赶紧打发我的大叔开车到县城,重新买回来一套。村里的那几个老女人用剪刀剪开我爷爷满是血迹、冻得硬邦邦的衣裤的时候,我母亲吃惊地发现,她之前做的那套寿衣,不知道啥时候已经穿在我爷爷的衣服里面。我爷爷的衣服很难换上去,因为人被压烂了,身体都用纱布裹着,她们只好把我大叔从县城买回来的那套寿衣,像被子一样裹在我爷爷的尸身上。

天黑以后,我大哥回来了,他端了一碗米饭坐在我母亲的身旁,全身都忍不住瑟瑟地发抖。我母亲问他怎么回事,我大哥牙齿打战地告诉我的母亲,他本来担心找不到爷爷的墓地。因为当时他跟着爷爷出去打柴火的时候是秋天,现在这场大雪,把村子里外的大地全部覆盖起来,让它们变成了另外的一种样子。我大哥在漫天飞舞的大雪中,茫然地向前走着,不知不觉地来到了我爷爷摆放标记的地方。他怀疑我爷爷的灵魂,一直伏在他的身上。

我爷爷以前是一个带发修行的道士,因为家里穷,娶了一个地主家的闺女,因为她小时候把脚裹得太紧了,没有办法走路,周围的小伙子都不愿意娶她,她只好长期待在家里,最后变成了一个老姑娘。我祖爷爷没花钱,就把她领回来,给我爷爷当老婆。我爷爷常年不在家,我奶奶就拄着一根拐杖,带着我父亲和我叔叔几个年幼的孩子,长年累月地在大田里面辛苦地劳作。母亲嫁过来的前两年，她得了一种叫不上名字的怪病后就去世了，留下我父亲和他的三个弟弟。我爷爷从此再也没有娶过妻子，他带着我父亲和我三个叔叔一起生活。我爷爷的墓地离村子很远。村里的人都说太孤单了，但是因为这个地方是我爷爷生前给自己选择的墓地，生产队长也就由着他了。只是每年清明节上坟祭拜的时候，我们都要比其他人家多走很多路。

大哥的归宿

我大哥连续几年都没有考上大学，下面的弟弟妹妹却一个个出去工作了。许多年以后，村里来了个看风水的先生，他无意中走过我爷爷的墓地，很好奇地停住了脚步。他说，这个墓地选得好啊，以后他家里的人会很有本事，而且辈辈女胜男。我大哥这时候，已经彻底放弃了再考大学的执念，他想起爷爷的劝告，尽快地安下心来成个家，可是和他同龄的姑娘们都出嫁了，一时很难找到一个合适的妻子。我父母托人打听，才找到一个从来没有进过学校但家庭背景比较好的老姑娘。我大哥不满意，但对方却对他一见钟情，从见面的第一天起就缠着他，弄得我大哥没有办法，最后只好和她结婚，搬到女方所在的村里生活去了。

我大哥走了以后，家里的弟弟妹妹都陆续离开家去城里上班，家里只剩下我父母两个老人了，他们整天吵吵闹闹地彼此依靠着，生活在我们家的老房里。闲暇的时候，他们就在院子的门口挖了一块地，撒上各种各样的蔬菜种子，然后在菜地边缘的位置，栽上很多葡萄。秋天过去以后，掉光叶子的老藤，就裸露在葡萄架上，被不太强烈的阳光映在地面上，像一条条缠绕在一起的蟒蛇，给人一种阴森的感觉。我们家的兄弟姐妹们每次回来，都商量着给父母重新盖一座房子，但因为这几年，村里规划了新的居民点，这里不能再翻盖了。我爷爷死之前，没有把他的本领传授给我家的其他人，我的父亲又不肯相信别的风水先生，于是，他们就只好在这个老屋子里继续住了下来。没事的时候，他们就将房间的墙壁，用黄色的泥土再涂抹一遍，但老房子修建的时间毕竟太久了，那种窄小的空间和被烟火熏黑了的房顶，已经不能再修补了，特别是屋子里散发出的那种阴暗潮湿的霉味，给人一种死气沉沉的感觉，让人产生一种莫名其妙的压抑感。

矮小的窗户被院子里的葡萄架一遮，房间里显得黑乎乎的，墙壁上挂着一面裂了缝的镜子，透过厚厚的尘土，把窗户外面的那一点余光反射进来，投到对面的墙壁上。天晴的日子，我父母也会走出去，坐在院子外面的墙根下晒晒太阳，或者看看村子外面的景色。每到这个时候，他们就会看到隔壁的成娃子，长长地躺在我们家院子前面的一个旧麦草垛上，嘴里叫着柳儿的名字渐渐地睡去。李家邻居的父亲，也会穿着破破烂烂的旧衣服，手里拿一根铃铛刺，从我们家门口的大路上走过，他的身后，跟着一群大大小小的孩子，有我们自己村里的，也有附近其他村的……他们走过我们家的时候，影子都会投到我家老屋的墙壁上。

这时候，我大哥已经完全变成了另外的一种样子，无论从他的外表还是内心，都成了一个地地道道的农民。在家的时候，他常常会为一点针尖大的事情，和老婆吵完架以后，抱着还不会走路的儿子来到我们家老屋，向父母委屈地哭诉，远远地看到他的老婆追上来，他又会像只兔子似的抱着儿子跑回家去了。这时候的他，已经长得越来越像我的父亲，而且身上也渗透出一种我们家老屋所特有的气息……经过许多年的痛苦挣扎，大哥对现在的生活，已经没有了往日的热情。他终日守着村里分给他的二十多亩薄地，心不在焉地种着，别人耕种他耕种，别人收获他收获。只是他家的庄稼，总比村里其他人家的庄稼矮很多。

我大哥家的粮食,总也不够吃。为了摆脱他老婆无休止的哭闹,农闲的时候,他就利用自学的无线电维修技术,在家门口摆一个小小的地摊,给附近的村民修电器。现在村民的日子已经明显好了起来,他们中间的许多人,依靠承包大面积的土地,成了腰缠万贯的富人。家中的摆设也和城里人一样。大哥在修理电器的时候,总是睁大着眼睛,把前来找他修理电器的人,按照他的感情标准,分成顺眼和不顺眼两种。遇到顺眼的,他就很用心地把人家电器中的线路,用电焊焊得结结实实的,即便他家的电器外壳都用破了,里面的线路也揪不下来。如果遇到那些看着不顺眼的人,他就会在人家低头吸烟的瞬间,把电器的线路分成一大一小的两股。他让大的一股随意翘在一边,小的一股焊在电器的电子板上。人家拿回家用几天就又坏了。

　　于是我大哥又变成了一个有争议的人,凡找他修理过电器的村民,他看着顺眼的人,都说他的技术好,他看着不顺眼的人,又说他的技术不好。村子里外的人,都不知道他的技术到底是好还是不好。我大哥对别人的议论,毫不在意。有的时候,他明明听到人家在背后说他的坏话,他也装作没有听到,还径直向人家迎过去,笑着打招呼。他的思维空间,好像完全停滞了一样。一次,他开着拖拉机去公社卖棉花,我母亲把她和我父亲摘的一百多公斤棉花让他带去,他把棉花卖了,却把钱装进了自己的衣服口袋。

　　我母亲很生气,毫不留情地说了他两句,他竟然冲过去,准备和年迈的母亲争吵。我母亲伤透了心,她一边哭着,一边失望地把这些年来辛苦抚养我大哥的经历,一点一滴地说了出来。我大哥却毫不在乎。他说:"你是辛辛苦苦地把我养大了,但让我穿得破破烂烂的。"母亲气得当场差点背过气去,从此以后,她在村里人面前发誓,永远不再认我大哥这个儿子。大哥一副无所谓的样子,他说:"你想认就认,不想认,我也不强迫你!"

大哥离我们家越来越远了,每年节假日,都见不到他的影子。我父亲说,他的腿摔断了,躺在家里休息呢!大哥住到女方家去以后,日子一直过得都不太理想。为了帮助他,我父母把家里大部分地给了他。我们家的地头,横拦着一条不太宽但很深的老干渠。它是大哥刚下乡时,带着村里知青们修建的,主要用来灌溉下游的庄稼地。平时没有水的时候,我们就下到渠底,攀着渠畔的茅草爬过去。如果有水,就沿着水渠往上走,来到一个木制的闸门前,后退几步猛一使劲跳过去。

　　这条大渠,大哥已经走了许多年了。渠畔的泥土,坚硬得像石板一样。一天,大哥来到地边,看到大渠里面正流淌着水。于是,他想都没有想,就沿着以前的老路,径直走到闸门跟前,用力地向前一跳,准备跨越到渠的另一面,但心里突然莫名其妙地犹豫了一下,人从高高的渠畔上摔下去,掉进水渠里面……我们去看他的时候,他正蒙着被子躺在自家的土炕头,他四五岁的儿子走过去,想摸摸他的脑袋,被他反手一把推下炕。孩子大哭着,大哥却像没有听到一样,翻了个身,继续睡觉。

　　大哥的这种情绪,一直延续了许多年。这中间,村里和城里都发生了很大变化,而我们这些漂泊在异乡的兄弟姐妹们,也靠着农民的质朴和勤劳,在城市的角落拥有了一席之地并相继结婚,我们中年龄最大的一个姐姐还生下了她的第一个孩子。因为没有婆婆照顾,她只好把我母亲接过去。父亲一个人留在家里太孤独了,他没事干的时候,就去我大哥家,一来混口饭吃,二来也可以看看慢慢长大的孙子。我大哥现在已经开始衰老了,他的老婆后来又给他生了一个女儿。有一天,村里的一个村民因为和别人打架误伤了对方,被派出所抓走并被法院判了刑。他家里的人四处找人,想写一份申诉材料。

　　村里的人同情他们,就出主意让他去找我大哥想办法。我大哥知道他的来意以后,立即振作起来,他让儿子到附近的商店买了一瓶黑蓝墨水,拿起放下很久的钢笔开始写起来。这天晚上,我大哥房间的灯一直亮到早晨,村里人来找他的时候,他已经把申诉材料写好了。

我大哥的这份申诉材料,让村里人的案件出现了转折。全村人开始重新重视我大哥了,他们中间不管谁家遇到了事都去找我大哥,让他帮忙想办法。我大哥的斗志,再次被村民们鼓动起来,许多时候,他早晨天不亮就从床上爬起来,开始为别人家的事情奔忙,一直到了晚上一两点钟,家里的老婆孩子还看不到他的身影。他老婆很生气,把我大哥撵到大门外面,不让他回家。

我大哥没办法,只好回到我们家的老屋,和我父亲在一起生活。我父亲心疼儿子,就打电话给我母亲,要求把他和我母亲的地,一起交给我大哥耕种。我大哥带着他的家人又回到我们的老屋了,在全村人齐心协力的帮助下,他家的经济状况开始好转。这一年的秋天,我们村的村委会主任去世了,村民们经过三天的讨论选举,把我大哥推到村委会主任的位置上。我大哥十分感动,他接到任命以后,一改往日的懒惰,开始拼命地工作。

我们村里不管谁家有事情,他都会赶过去,尽自己最大的能力帮他们处理事情,偶尔遇到一两个生活不太宽裕的村民,他还偷偷地把自己家里的钱拿出来帮他们垫上。村里的人都很爱戴他,但他的老婆却不高兴,她觉得我大哥把大部分时间都花在别人家的事情上,不管自己家的地。我父亲知道以后,痛斥了他老婆几句,然后拿起工具跟着她一起去种地。我大哥家的日子,也一天比一天好起来。

牛的最后一滴眼泪

听说每头牛在临死的时候,都会流下最后一滴眼泪,我不知道这是真的还是假的。这么多年来,我有过无数次可以验证的机会,但每次都被我轻易地放弃了,我不知道这是为什么。我想,大概还是我不敢真正地面对这种现实吧!如果这句话被不幸证实了,我不知道其他和我有同样经历的人,是否会像现在这样生活得心安理得?

第一次接触牛,我只有七岁。那时候,我刚上小学,大人生活中的事情对我来说,遥远得就像我自己的梦,虽然每天生活在其中,却又感觉不到它的存在。当时,我的家族已经逐渐壮大起来。我的两个哥哥和一个姐姐每天站在我的面前,我都必须抬起头仰着脸和他们说话。那时候的我,很崇拜他们,每天晚上睡觉之前,都会不自觉地学着他们某个人的动作,在镜子里取悦自己。

那一年,也就是生产队要求承包到户最厉害的一年。当时,晚上收工回家的母亲,就像马上要被人断奶的婴儿,显出了少有的不安和恐慌。每天晚饭之后,她都非常注意收听我们家门前大树上挂着的那个声音都已经变得嘶嘶啦啦的大喇叭。那时候,我们家的欠债基本上已经还清了,剩余的部分,可以让我的哥哥和姐姐每年做一身新衣服。

在一个不太晴朗的下午,母亲和家里的其他成员破例早早从生产队的地里回来。吃过晚饭以后,母亲没有像往常一样回到自己房间。她已经是五十多岁的人了,到了这个年龄的女人,无论从体力还是精力上,都已经不能和年轻人相提并论,可她却还在替我们一家老小操持着每天的生活。那天,母亲草草地吃了一碗饭,她没有像以前一样,一个人率先回到自己的那张很大的双人床上躺下歇息,而是坐在厨房的饭桌前,静静地看着我们家的其他人,一碗接着一碗地继续吃饭。

哥哥和姐姐都处在长身体的年龄段,饭量一个比一个大。好不容易等他们吃得差不多了,母亲把大哥和二哥看了半天,然后有一点伤感地对他们说:"田已经包回来了,从此以后,我们就要自己打理着过日子了。"

哥哥和姐姐同时点头,异口同声地答应着。姐姐在答应的同时,已经站起来收拾起碗筷,准备离开桌子。母亲示意她不要着急,姐姐只好放下手中的东西,重新坐在原来的凳子上。

母亲继续着她的话题:"生产队的大型机器都卖给了外面,村里的人都开始忙着买耕地用的牲畜。我想,我们也得提前动手作准备了,落在后面,不但买不到合适的牲畜,价格也会比现在高得多。"

两个哥哥一边吃着饭,一边低头答应着。从小到大家里都是母亲做主,让我的两个哥哥都变得和父亲一样,对母亲很是服从。他们几乎是异口同声地问母亲:"那我们打算买什么呢?"

大哥抢先说:"买马。马这家伙,个儿特别大,又有劲儿,干起活儿来利索。"

二哥说:"买骡子。骡子这家伙养起来省劲,又好使,人看着还舒服,架起车来,远远地看起来够威风。"

父亲慢条斯理地抽了一口莫合烟说:"我看还是买毛驴吧!毛驴这玩意儿用起来既皮实,喂养起来也省事,说不定哪一天我们忙了,小六也可以套车给我们送饭吃(小六就是指我)。"

母亲想了想说:"那要送到什么时候?我看,还是买牛吧!"

两个哥哥都愣住了,他们立即低下头吃自己的饭。

母亲显然也知道两个哥哥的心思,她慢条斯理地说:"这几天晚上,我都琢磨好了。我想,咱家还是买牛比较妥当一些。咱们家底子薄,这几年虽说日子过得不错了,但也仅仅是刚刚翻了身。钱对咱们来说,还是一个比较重要的事情。老二不小了,老大也快结婚了……马虽快,但价格高,又容易受惊,一不小心吓着了,它拖着车,什么地方都敢跑。养起来也娇气,睡到半夜还得起来给它加草料……骡子倒是好,个儿大,劲儿也足,可它的脾气太大,谁要惹了它,它抬脚就是一下,万一把咱家的什么人踢伤了,谁来干活?驴的性格好,但走起路来过于慢,你急它不急,忙了派不上用场,万一到了火烧眉毛的时候,还不得跳上房?牛就不同了,它个儿大,又有劲儿,老实、忠厚、性格温和。你打它,它就快跑。你不打它,它就慢行,忙了多抽几鞭子,闲了坐在车上打盹,等你感觉车停了睁开眼睛,已经到家门口了。"

两个哥哥同时答应一声,但我可以看出,他们的心里十分不愿意。那时候,我还在上学,对于家中的事情没有参与的资格,当然就更谈不上发言权了。每个星期一的早晨,我都会按时背着书包,到学校去上学。当时的我,离牛的距离很远。它在我的记忆中,只是黄昏放学回来时村口涝坝里的一道风景线,或者一种吃在嘴里能解馋的肉制品。

这天放学回家,村里其他人家的一个孩子,偷偷从我书包里拿走了一支铅笔。我发现了向他索要,他说什么也不肯还给我。我一气之下跟他吵了起来,而且动手打了他。回到家,我还没有来得及向母亲诉说,他父亲就带他找来了。我父亲听了他们的诉说,什么也没有问就把我拉过去,劈头盖脸地痛骂一顿。我气得饭也没有吃,就跑到院子外面的草棚下面委屈地哭起来,就在我哭得很伤心的时候,突然发现有个什么东西在身后动了一下。我回过头,看见草棚的柱子中间拴着一头黑色的小犍牛。它浑身油亮,四只很壮实的大蹄子有力地踩在地面上。我回过头看它的时候,它也正睁着一双美丽的大眼睛,默默地注视着我。它的眼神是那么专注,专注得让我都不敢正视它。也就在这一刻我才看清,世界上除了人,牛的眼睛也是很漂亮的,跟人一样充满了感情。

我不好意思了,连忙把脸上的泪水擦掉,转身到院子外面拔了一些草喂给它。它很感激地看着我,乖乖地伸出舌头,把我手中的草卷过去吃进嘴里。我摸摸它的头,它很友好地对我甩甩耳朵,把脸温柔地放在我的腿上一下一下地蹭着。我心中的委屈在不知不觉中消失了。我轻轻地抚摸着牛头,像抚摸着我的一个朋友。从那时候起,我就喜欢上了我们家的黑犍牛。每天放学,我都会来到牛棚里把它牵出去,给它喂草吃。慢慢地,我成了家里义务的牛倌。只要牛有什么事情,家里的人都会来找我。好像我是牛的朋友,能听懂牛的语言一样。

那时候,我的时间非常紧张。每天早晨眼睛都没有睁开,就被父亲从被子里拽了出来,牵上牛去村头放牧,一直到离上课还有半个小时,才匆匆地赶回家吃几口饭往学校跑。下午放了学,我又把书包往家门口的台阶上一放,牵着牛去村口的庄稼地给它找草吃。牛特别能吃,有的时候为了能喂饱它,我要花几个小时的时间,站在野外的风里陪伴着它。

于是,我总也睡不够觉。在上课或者看书的时候,我的眼皮总也不听话,沉重地往一起合。我的学习成绩也下滑了许多,同学们都奇怪地看着我。班主任在一次又一次警告都不起作用的情况下,毅然决然地把我班长的职务安排给了别人。我很不服气,回家告诉母亲,从今天起,我再不想在牛身上,浪费我学习的时间。母亲不同意,她说:"我们家就你一个闲着的人。你不去放牛,谁去?"我没有办法,只好继续赶着黑牛放牧。好在小黑牛很聪明,尽管它来我们家的时间不长,但一些我和它必须去的地方,像村里的井台、我们家的住宅、我们家的地等,我们一起走过三遍,它就能记住,并在下次经过的时候,精准地走过去,可它对一些需要临时改变的路,却常常反应不过来。

　　小牛刚来我家的时候,村头的那条路被人放水浇地时冲坏了,每一次去地里,我们都必须绕一个很大的弯子,从村口的另一条岔道上绕过去。半个月后,路修好了。当我一赶着牛车从这里走的时候,它都会把车拉回以前走过的那条路上,绕个大弯子走过去,我收拾了它几次都记不住。黑牛是个生牛犊子,在买来之前,从来没有人训练过。所以,它遇见想要接近它的人,就会低着头拼命抵抗。村里的几个小孩子不服气,他们仗着骑过几头牛的经历,就想要驯服我家的牛。可是,我家的牛脾气太倔强。许多时候,他们刚刚跨到牛的脊背上,牛就把他们四脚朝天地扔下地来。他们很生气,鼓动村里的一头大黄牛,找着岔儿和小黑牛打架。都几回了,黑牛一一让过,他们却怀疑黑牛是打不过,不敢应战。于是,就硬把这两头牛拉在一起,故意激怒它们。

　　小黑牛终于忍不住了,它冲上去只一下,就把大黄牛抵到了它身后的一棵大树上,直到它再也动弹不了,小黑牛才回过头,对村子的上空哞哞一声,晃晃尾巴看我一眼,旁若无人地扬起蹄子向我家的方向走来。几个孩子都愣愣地看着小黑牛,以后再也不敢说什么了。为了把学习成绩尽快提上去，同时又不耽误牛吃草，我想了一个办法，不管什么时候，只要我出去放牛，就把书包也一起提上。每到一个地方，只要把牛吃的草找足了，我就安下心来坐在草滩上的土坡或者是渠道的高埂子上，一边让牛吃草，一边低下头去写我的作业。

牛在这时候，往往显得非常通人性。它常常在一个地方吃完草，就抬起头对着我叫一声。我会立即合上书本，拉着它提着书包来到一块新的草地，让它尽情地吃。有的时候作业写完了，我就会拿出一本书，把上面的课文一篇接一篇地背下来。过了一段时间，我重新当上了班长。牛也似乎很能理解我的苦衷，只要在我学习的时候，它从来不乱跑，于是我放松了对它的看管。

有一天放学以后，我把它牵到地头上的一个空旷处，让它随意地吃草。我自己就像往常一样坐在地埂子上写作业。那天的作业特别多，不知不觉时间已经过去了很久。当我把作业写完抬起头来，才发现太阳已经落山了。我周围许多种田的人，已经陆续收拾工具准备回家。小黑牛从我的视线中消失了，无影无踪。我连忙合上书本，找遍了附近的大小土坎，都没有发现牛的踪迹。我吓坏了，一个人坐在草地上不敢回家。天完全黑下来的时候，我才悄悄地溜到大门口的一棵沙枣树枝上，静静地把自己藏起来，让母亲的呼叫声在村子的上空，一遍又一遍地响起来。

晚上十二点的时候，母亲出来解手，她来到了我藏身的沙枣树下发现了我。她问我为什么坐在树上不回家，我哭着告诉她我把牛弄丢了。母亲说："不可能！今天下午我回家，看见我们家的牛肚子吃得饱饱的，在我们家的牛棚里站着呢！"我不相信，从树上溜下来跑进牛棚，看见小黑牛果然站在牛棚里，睁大眼睛静静地看着我。我气得抄起一根棍子冲上去要打它，它竟然不好意思地扭过头，甩了甩耳朵叫了一声。好像它也知道对不起我似的，我手中的棍子不由自主地垂下了。以后的日子，村里买牲畜的人越来越多,各种牲畜集中在一起,像开了一个集市。放牧的孩子越来越多,大家在一起难免磕磕碰碰的。有的时候,为了争草地大打出手。为了解决这种矛盾,我们商量决定把村里的各种牲畜分成类,赶到不同的地点放牧。这样,我们就相互少了许多麻烦。

熟悉了牛之后,我发现它并不像母亲说的那么听话。有时候在一些事情上,它也像人一样非常有个性。那是学校期中考试的时候,为了集中精力抓紧时间复习,一连几天,我都胡乱拔一些草扔给牛,就去学校上课了。考完试,我拉着它往草地走,它怎么也不肯,低着头四只蹄子踩在地上,任我怎么拉它都不动弹。趁我休息的空当,它挣脱缰绳向一户人家的院子跑去。我追进去,发现它正俯在一个大水缸前不停地喝水。原来,我这几天忙于考试,把它要喝水的事情忘了。我把它拉到村口的井边,打了好几桶水让它喝个够。和牛相处久了,我发现牛也和人一样,有许多相同之处。它不仅聪明,而且还很有感情。

这次喝水事件之后,我和牛的感情又进了一步。每天见不到它,心里还觉得空荡荡的,但我家旁边的那家人,却看不起我们家的牛。他仗着有一头壮实的骡子,从来不把我家的牛放在眼里,好像他家的骡子比我家的牛高贵似的。每一次下地或者回家,他家的儿子就故意磨磨蹭蹭地走在我家的牛车后面,等到路上的行人多起来,他才赶着大骡子车耀武扬威地追过来,速度极快地从我家的牛车旁边超过去。

有一次,我忍无可忍,就在他赶着骡子车跟在我家的车后,打算再次故技重演的时候,我猛地从牛车上站起来,对着牛大吼一声。牛猛地跑起来,他家的人还没有反应过来,骡子就吃惊地抬起两只前蹄向上一扬,拉着车向路边一块已经耕好还没有来得及播种的地里狂奔而去。远远地,我看见他家的骡子车在崎岖不平的地里高高低低地跑过,他家的车厢板和人像豆子一样,顺着骡子车走过的辙印一路翻滚着掉下来。第二天早晨，我看见他父亲一条腿裹着纱布，一瘸一拐地来到地里，继续干没有干完的活。他的老婆和几个闺女，不是头上起了包，就是鼻青脸肿，不敢正视我们。那个赶车的小子没有来。据说，他从车上摔下去伤了胳膊。几天以后再露面，他已经改变了态度。从这以后，他再也不敢小看我家的牛。每一次赶路，只要我家的牛车走在骡子车的前头，他都会绕道或者乖乖地跟在车后。一次，他家的车轮陷进淤泥，还是我家的牛拉出来的。

我家的牛在村里传开了，种田的人都知道，我家有一头劲儿很大的牛。时间长了，我把牛当成了我的朋友。有时候，母亲安排一些累活，我都要坐下来悄悄地和它商量，看它愿不愿意干，它每次都是一副勇敢的样子，坚强地看着我。我不由得被它感动了，干完活，我就把它拉到一个水草肥美的地方，让它好好地吃一顿。如果天气好，我还会把它拉到村头的大干渠里，和我一起洗个澡。遇到不开心的事情，我也会坐在小黑牛的对面，嘟嘟囔囔地给它说上大半天话。它好像也能听懂我的话，抬起头默默地望着我，和我一起享受孤独。

有一天，我家的棉花收获了，哥哥和姐姐拾了许多棉花装在麻袋里。下午，我赶着牛车去接他们，发现东西太多了，超过了牛能拉动重量的一倍。我家的地很远，来一趟要花一个多小时，回去一趟又要花一个多小时。犹豫了半天，我还是决定把东西全部装上车拉走。牛默默地看着我，等把东西全都装好以后对它一吆喝，它就身子一挺向后退一步，把车拉得动了起来。一路上，别人都惊叹地看着我家的牛车，投来羡慕的眼光。

回到家卸车，我搬起一条靠在牛身边的麻袋，发现已经被牛的汗水浸湿了。我家这头能干的小黑牛，在村里渐渐引起别人的注意。村里许多放牛的孩子都喜欢把牛拉过来，和我家的小黑牛一起吃草。可有一天，小黑牛却做了一件让我现在想起来，在伙伴中都抬不起头来的事情。那是春天的一个黄昏，我牵着牛来到村头一户人家的地头。地里种的麦子，春风刚过,麦苗就从地里冒出来,绿油油的。牛看着看着就眼馋起来,它装作很不经意的样子,慢慢地溜到草地和麦地交界处的埂子下面,一边吃着草一边悄悄地窥视着我,趁我不注意,它快速地把脖子伸过去,对着地里的麦苗狠狠地咬上一大口……

到了下午,它已经把埂子边上的麦苗全吃光了。麦地的主人看到了,拉走了我家的牛,非要我家给他赔钱。母亲第一次为了牛打了我,然后又让哥哥拿上钱,把牛牵回来。我站在门口,看着牛跟在哥哥的身后往回走。当时,我虽然已经不哭了,但肩膀还在一下一下抽动着。牛见我这个样子,愣了一下,大概想起今天所做的事情,它竟然惭愧得像个孩子,把头转向一边。

学校放了暑假,我开始参与家里的劳动了。分田到户以后,根据家里的人口数量,我们总共分到了两大块一共四十六亩的土地。这两块土地,一块在村头,离我们家住的地方近,另一块在村外。为了赶时间把活干完,母亲决定每天中午不回家,把饭送到地头。母亲留在家做饭,送饭的事自然就落在我身上。哥哥和姐姐决定先干远处地里的活,每天早晨,我都要早早起来把牛喂饱,然后套上牛车把他们送到地里,到了中午,我再赶着牛车一摇一晃地来到地里,把母亲做好的饭菜送到他们面前。

那时候,我天天起得很早,又赶上贪玩的年龄,瞌睡总是很多。好在经过这几年的磨合,牛已经能够认识我家的地了。只要我把车赶上正路,它就能沿着走过的路,准确地来到地头。每当这时候,我最得意了,提着饭盆在姐姐的呼喊声中,跳跃着向他们跑去。牛也不安分起来,它拉着车不耐烦地跟着我,想往地里跑。我回头吼一声,它立即就站住了,委屈地望着我昂着头叫几声。有的时候,哥哥姐姐也要偷懒,他们一上车就开始睡觉。在他们的带动下,我的困意也渐渐地上来了,就倚在牛的鞍子边和他们一起入睡。好在牛认识路,每一次我睁开眼睛,都能看见我家的牛车,准确地停在我家或者庄稼地头。

　　过了一段时间,哥哥和姐姐把远处的活干完了,转移到了近处。这块地离我家只有几百米,我本来不想赶车去,可又提不动饭菜。一上岔路口,我就开始打盹。随着牛车的晃动,我渐渐地进入了梦乡。感觉车不动了睁开眼睛,看见牛车已经把我拉到了离家很远的那块地头。我哭笑不得,抬起手一看表,已经下午四五点钟了。我飞快地拉过牛缰绳,向着回家的路快速赶去。这顿饭,把我的家人饿得够呛。哥哥和姐姐一边看着通向家的那条大路,一边狠狠地发誓,等一会儿我把饭送来了,他们要把我狠狠地揍一顿。这天,我把饭送到地头,他们已经收工回家了。我端着饭盆站在门口,不知道应该怎么跟他们解释。好在哥哥和姐姐也不记仇,过了几天,就把这件事情给忘了,但是,他们每次向别人提起牛的时候,就会想起送饭的事情。

　　随着我一天天长大,我家的牛也逐渐衰老了。它的外表看起来虽然和以前没有什么变化,但每次吃草的速度却比以前缓慢多了。母亲说,牛老了,该卖了。这一年秋天,村里人开始买小四轮拖拉机了。这种机器马力大,用起来方便。牲畜的宰杀声,每天都顺着风传来。母亲终于下定决心到镇上买来了一辆小四轮拖拉机,请村里的人开了回来停在院子里。牛看到了,露出一种深深的伤感。尽管每天路过的时候,它都装得很不在乎的样子,但每天一回到草棚里,我就发现它把目光长时间地停留在小四轮拖拉机上。

　　在一个下着小雪的冬天,母亲把我叫到她的房间,跟我说:"你大哥下星期就要结婚了,我们打算把黑牛拉出去宰了。"她知道这么多年来,我和牛已经建立了非常深厚的感情……我坚决不同意,无论从感情还是道义上,我都无法把我家的牛和一头牲畜联系起来。我觉得,它其实就是一个人,是我另外的一个兄弟。

母亲没有办法，只好和大哥商量，把我家的牛和村里另一户人家的牛换了过来。换牛的那天早晨，我早早地躲出去，坐在院子后面一棵高高的柳树上，远远地看着我家的牛被人拉着，一步三回头地从大门口走了出去。我再也忍不住，抱着树干放声大哭。过了几天，我正在村口的路上练习着开拖拉机。村里一个和我玩得非常好的伙伴跑过来告诉我："你家的那头牛已经准备宰了，绑在院子里，我们一起去看看。"我把拖拉机停在路边没有理他，他生气地走了。过了一会儿，他又跑过来，远远地对着我高声喊："哎，你家的牛死了！临死之前还哭了，流下了好大的一滴眼泪。"

　　我的泪水顺着面颊流了下来，愤怒地从小四轮拖拉机上跳下去，扑过去把他压倒在地上，狠狠地打了一顿。他莫名其妙地看着我，生气地骂着。好多年以后，他都想不通当时我为什么要打他。我控制不住号啕大哭，把脸埋在小林带的草地上……从这天开始，我不再吃牛肉。不论家人怎么劝，我都听不进去。我让母亲把牛的那张黑皮买回来，埋在院子后面的土堆上，没事的时候，就走过去看看它……

那年月　那酸甜的沙枣

　　我小的时候,家里孩子多,生产队分给我们家的粮食,总是不够吃。每次做饭,母亲都将苞谷面粉煮成糊糊,放在盘子里放凉,然后切成拇指大小的方块,和很多绿叶蔬菜一起放进锅里煮……这是母亲为了缓解我们的饥饿想出来的唯一的解决办法,但……就是这样的饭,我和家中的兄弟姐妹们依然吃不饱肚子。每次锅里的饭都盛完了,我们依然拿着饭碗,依依不舍地盯着锅底,把黏在碗边上的那一层薄薄的汤汁,舔得干干净净。那时候,粮食总是少得可怜。生产队的大喇叭每一次通知让父亲去领粮食,他拿回来的也只有一麻袋多一点。所以,每天晚上,我都能听到父母躺在床上,睡不着觉时深深的叹息声。

　　有一天,吃过晚饭之后,我们举着手中的碗,相互比赛着伸长舌头,舔碗底的剩汤汁,母亲实在看不下去了,她抬头对坐在一旁低头只顾一个劲儿抽烟的父亲说:"我们得想办法,出去给孩子们找些吃的东西回来。他们现在都是长身体的时候……"

父亲把用旧报纸卷的莫合烟从嘴上拿下来,看一眼依然显得非常饥饿的我们,深深地长叹一口气说:"能吃的东西,都在生产队,万一被抓住了,后果不堪设想啊!"

母亲说:"我也没有让你去偷呀!天天眼睁睁地看着孩子们这样饿着肚子,我这心里说不出的难受!"母亲哽咽着,难过地低下头去。

父亲沉默了半天,突然从凳子上站起来:"我们以前去沙门子附近的小拐角地,我看到那里有很多沙枣树,上面结满了拇指大小的沙枣。要不,我们去一趟,打些回来给孩子们吃?"

母亲轻轻地叹了一口气,无可奈何地说:"这东西好归好,可这么远的路程,我们怎么去?即使去了,又怎么拿回来?十斤八斤的,也不顶什么事啊?"

父亲说:"这个你就不用操心了。"说完,他推开我们家那扇被风吹得"咣里咣当"不停地晃荡的木门,向生产队的牲畜饲养棚走去。饲养棚里有他的一个好朋友,名叫杨阿大,专门负责饲养生产队的牛马羊等牲畜。他们两人从小光着屁股一起长大,感情好得像亲兄弟一样。

第二天早晨,我看到父母突然高兴起来,他们从家里找出几条闲置了几年的大麻袋,又是缝,又是洗,晾在门口的那棵大柳树上。母亲还把她和父亲只有在冬天最冷的时节才穿的光板羊皮袄翻出来,放在房间的那把木头椅子上。

这天晚上,母亲早早地做好饭,让我们吃过饭以后,就哄着弟弟妹妹们上炕睡觉了。那时候,我大哥已经上初中了,学习正在关键的时刻。母亲破例地让他点了一盏小油灯,坐在房屋一角的矮炕桌前,低头写作业。

当时，我小弟弟年龄还小，只有一岁八个月的样子。母亲把他哄睡着以后就抱过来，轻手轻脚地放在我和妹妹中间。半夜，小弟弟尿床了，湿漉漉的床单把他冰醒，小弟弟翻身坐起来，大哭着伸手找母亲要奶吃。他的哭声吵醒了我家的兄弟姐妹们，大家全都翻身坐起来，睁开眼睛寻找父母。这时候我们才发现，我们的父亲母亲不知道在什么时候已经离开了家，他们平时睡觉的大土炕上，空荡荡的，只剩下两床已经露出棉絮的破被子。

我们立即吓得跟着小弟弟一起放声大哭起来，哭声吵醒了睡在旁边的另一间房子的大哥，他睡眼惺忪地走进来，抱起了小弟弟，一边学着母亲的样子轻轻拍打着小弟弟的脊背，一边斥责我们说："爸爸妈妈出去给我们弄好吃的东西去了！你们要是再哭，他们回来了，就不给你们好东西吃。"听说有好吃的东西，我们立即不哭了，怕父母回来以后，不给我们好吃的东西。我们一个个争先恐后地躺在炕上，闭上眼睛把头藏在被子里面装睡。因为肚子饿，我们谁都睡不着。于是，兄弟姐妹们就把被子顶在头上，悄悄地凑在一起，猜测着父母有可能带回来的好吃的。

"大概是肉吧！我听说咱们生产队，今天上午死了一头牛。爸爸妈妈肯定是出去排队，给我们分牛肉去了。"妹妹舔着嘴唇说。

那时候，我们家里已经好长时间没有闻到过肉味了。生产队规定不许私人养牲畜，我们每逢过年过节，只能从生产队的饲养棚里，分很少的一点肉回来解馋。

"不可能的。那只大母牛，只是病了，今天中午就被生产队的拖拉机拉到公社兽医站，打了一针，下午就好了。"大弟弟打断妹妹的幻想。

我们猜测了许多种可能的东西，但又被大家一一否定了。蒙眬中，我们又睡着了。当大家再次睁开眼睛的时候，天已经大亮了。我们惊奇地发现，满脸疲惫的父母坐在地上的火炉前，脱下满身湿漉漉的衣裤。他们的身后，放着好几个竖起来的麻袋，每个麻袋里面，都装满了鼓鼓囊囊的东西。我们高兴地欢呼一声，光着身子从被窝里爬出来，连衣服都没有顾上穿就跳下土炕，扑到那几个麻袋跟前，解开了绑在麻袋口上的绳子。麻袋里面装满拇指般大小的沙枣，有红的、白的、黑的……我们迫不及待地把手伸进麻袋口里面，抓起一把沙枣，看都顾不上看就塞进嘴里。

这天早晨，母亲破例给我们的破书包里，装了半书包沙枣。我和家里的兄弟姐妹们得意地走在校园中，带着一点炫耀性地吃着沙枣，引得好多同学跟在后头舔嘴唇。可是，过了没几天，我们就对沙枣失去了兴趣。因为这东西，吃起来虽然有点甜，但吃多了满嘴发涩，解起大便来也很费劲。母亲只好把沙枣和在苞谷面中，蒸成发糕让我们吃。经过高温处理过的沙枣，吃起来不但没有了涩味，而且酸中带着一点甜味……

过了好多年之后，我们才知道。那天晚上，我的父亲偷偷地去找杨阿大，借了一辆生产队的牛车，带着母亲去离我们村三十里路以外的沙门子，给我们打沙枣吃，回来的路上，牛车翻进路边上的一个大水渠中，我的父母下到齐腰深的水中，才把牛车和车上的沙枣抬出来。从那以后，我母亲的一条腿留下了病根，一遇到天阴就隐隐作痛，而这些沙枣，却一直伴随着我们，维持着我们全家人的生活，直到来年七月生产队的新麦子下来。

遗 忘 童 年

　　和小毛认识的时候,我只有六岁。那时候,我们同住在一条河边的两个村子里。村里的这条河,是一条季节性河流,宽十米,深两三米的样子,每年十一月份它就干枯了,到了来年三四月份才会又来水。我不知道这些水是从哪里来的,也不知道它最终要流到哪里去。听村里的大人说,河里的这些水是有人控制的,它主要是给我们村和我们旁边的另一个村浇地用的。那时候,小河里的鱼很多,每年一到春天,许多鱼就争先恐后地从河里游过。我们两个村里的孩子们就一起来到河边,跳进小河抓鱼玩。

　　那时候,抓鱼是我们两个村孩子们的必修课,只是我们在上游,小毛在下游。尽管我们两个村子位于河的两边,我们喝着一条河里的水长大,可我们始终没有在这条河的同一个位置抓过鱼。当时，不知道什么原因，两个村的大人们都坚决反对两个村的孩子在一起玩耍。有几次，我远远地看见他们在河的另一边。那时候，村里没有幼儿园，家家户户的孩子都在父母上工以后，像群猴子一样自由玩耍。

夏天，这条河成了我们的乐园。我们不是去游泳，就是去捞鱼。好多次，还把树上的鸟蛋掏下来，找个破脸盆煮着吃。天热的时候，早晨我们从被窝里爬出来，胡乱地吃几口饭就跳进河里，一直到下午太阳落山，村里的炊烟和母亲们的呼唤声一高一低在村子上空荡起，我们才慢悠悠地拿上捞鱼的工具，飞一般地往家跑。那时的我沉默寡言，村里的孩子都不和我来往。我一个人寂寞地在村里走着，孤独得像个幽灵。为了让自己的日子过得充实一些，我自告奋勇地提只筐，去村外很远的一个荒滩上，给我家的那头小黑猪拔草吃。

小黑猪很能吃，我花一个上午拔来的草，它一个晚上就全吃光了。父母的感情不好，每天回到家就没完没了地吵架。我不想听他们吵架，又不敢对他们说什么，只好一个人默默地走开。大多数情况下，我会来到河边，拿自己制作的渔具静静地捞鱼。天黑了的时候，我就把捞出来的鱼，穿在一根柳树条上提着回家。那时候村里的人喜欢站在路边闲聊，当我提着比别的孩子多出一倍的鱼从村里走过，村口的大人小孩都投来羡慕的目光。

一天上午，天下着毛毛细雨，村里的孩子都被大人关在家里自己玩耍，我父母不知什么原因，又开始吵架了，趁他们不注意，我悄悄地来到河边。这时候，雨已经停了，平静的河面上没有一丝波纹。突然，我看见一条一尺多长的鲤鱼，浮在岸边的浅水上。我高兴地跳下去，拿个筐子开始捕捞。鱼听到我下水的声音，一头扎进水里，立即消失了。我苦苦寻觅，才又看清了它的位置，一筐把它捞上来。这条鲤鱼的脊背和尾巴上还有一点红色。我高兴极了，这是我长这么大，第一次捉到这么大的鱼。我把筐端在水面上，准备把鱼从筐里拿出来。

小毛就是在这个时候出现在我的生活里的，当时，他不知从什么地方跑过来，甩掉搭在脖子上的衣服，跳进水里抓住鲤鱼的尾巴。我们同时大笑着，把鱼从筐里拎出来拿到岸上。当我准备把鱼放进我提来的水桶的时候，小毛却不干了，他牢牢地抓住鱼的尾巴，怎么也不撒手。我们从岸上抢到河里，又从河里抢到岸上，谁也不把鱼放下。这时候，天快黑了，一拨一拨的牛群，从远处的草滩上走过来看着我们。母亲的呼叫声，也一高一低地从升起炊烟的村子上空响起。我唠唠叨叨地向小毛讲述着我抓鱼的全过程，希望他把鱼给我。可是，他闭着嘴巴，抓着鱼的手就是不松开。

我急了，推了他一把。他对着我的胳膊咬了一口。我痛得放开手，他抱着鱼就跑。我追上去，照着他的屁股踢了一脚。他一个跟头趴在地上，伤心地哭了。他一边抹着眼泪，一边用两只乌溜溜的大眼睛盯着我。我也哭了，折根柳条走过去，想把鱼拿回家。小毛的母亲走过来，拉起小毛回家了。小毛抓起扔在岸上的衣服，怀里抱着我捉的那条鲤鱼，一步一回头地走了。我坐在河边放声大哭，直到母亲做好了饭来找我……那天晚上，我哭了很久，在睡梦中还拼命和小毛抢那条大鱼。

第二天下午，我离开昨天捉鱼的河段，来到离村子很远的下游。当时，太阳还很高，村里的孩子都躺在自家的炕头，呼呼地睡午觉。我下到水里，忙活了好长的时间，也没有捉到一条大鱼。我沮丧地坐在小河边的沙地上，望着流动着的河水发呆。这时候小毛来了，他光着膀子把衣服搭在脖子上，一边叫着哥哥，一边把手中一块什么东西往我的嘴里塞。我气得拨开他的手，收拾工具转身就走。他从后面追上来，紧紧抱住我的腿。我走不动了，只好回过头来，只见他蹲在地上，一双乌溜溜的大眼睛倔强地看着我。见我停下来，他笑了，飞快地站起身，把手中的那块东西塞到我嘴里。是一块鱼肉！我犹豫了一下，想吐掉，又有些不忍心，只好把鱼肉含在嘴里。

小毛胜利地看了看我，拉起搭在脖子上的衣服，抹了两下手上的油，从衣服口袋里掏出一沓香烟纸盒折好的三角牌，递到我的手里，像个大人一样豪爽地对我说："这些是给你的！"我愣住了。那时候，我们村很穷，好多人家都买不起玩具。于是，没事的时候，我们就捡一些包装香烟的纸盒折成三角牌，打着玩比赛。村里人都抽莫合烟，他们嫌纸烟太贵了。只有家里来了很尊贵的客人，或者逢年过节，才买几包回来。村里的孩子格外珍惜，谁拥有的三角牌多，谁就受村里其他孩子的尊敬。小毛给我的三角牌有十几个，个个都是半新的，我立即被他感动了。这么多的三角牌，是我做梦都想要的。今天居然从这个抢我鱼的孩子手中得到，我一时不知道该对他说什么。

"那你呢，你没有了怎么办？"我把三角牌紧紧地握在手中，半天才想起来问他一句话。

"没事！我有呢！"他满不在乎地从衣服的另一个口袋里，又掏出很多抱在怀里。

我高兴极了，扔掉手中捕鱼的工具，和他拿着三角牌在河边打起来。那天，我们玩到很晚，直到三角牌摔在地上看不清楚……为了感谢他，我把在小河边捡的一支崭新的英雄牌钢笔帽送给他。

从那天起，我和小毛成了好朋友，他就像我的影子，天天和我待在一起。有的时候他父母找不到他了，来到我家，准看见我们俩蹲在院子的一个犄角旮旯里，头对着头在说话。我不再感觉孤独了，生活中的沉闷似乎也远离了我。我们一起出去拔草、抓鱼，在两个村子大人和孩子不解的目光下快乐地生活着。我们一起干的活，超过了平时的好几倍。

一天，小毛又来到我们家，他说他有点发烧，让我陪他去偷一个瓜吃。当时，刚六月中旬，瓜都没有完全成熟。见我犹豫，小毛不高兴了，噘起嘴回家了，几天都不来找我玩。我很着急，趁着父母睡觉的机会，来到小毛的村子。我知道小毛是个很淘气的孩子，无论在什么地方，他都不会安静地多待一会儿。果然，在村口一个废弃的马圈上，我找到了小毛，他正穿着短裤趴在一个很高的草垛上掏鸟窝。他已经掏到好多小鸟了，用麻绳拴着绑在他身边的一个大粗柱子上，听到我的叫声，他回过头来，胳膊和前胸都被草秆划出一道道血口子。

我示意他下来，他答应着，高兴地解下鸟儿从草垛上跳下来。由于距离太高，他摔了个屁股墩，疼得龇牙咧嘴。我要去拉他，他赶紧站起来，揉着屁股一瘸一拐地跑过来，把抓的小鸟拴在我的胳膊上。听说我愿意去偷西瓜，小毛来了兴致，他拉着我想马上就去。我心里不舒服，但还是答应了，和他一起往村外走。那时候，村里的西瓜都是集体种植的，每到六月底西瓜成熟之前，村支书就会派一些人在瓜地的两头，搭上两个茅草棚。那是给看瓜人搭的，他们从此以后就吃住在这个草棚里，直到秋天瓜卖完为止。当时，西瓜的面积很少，每个村只有几十亩地。到了瓜成熟的季节，上面就会下来许多领导，轮番检查。我们村的瓜种得比较好，被评为其他村学习的榜样，村支书的名字也会一次又一次地在其他村的高音喇叭上响亮地播出来。村支书自然是格外高兴，他满面春风地吩咐我们村的村民，到瓜地摘几吨瓜，分给村里的村民吃。那是我们最快乐的时候，全村的孩子都会跟在家长身后，兴高采烈地帮他们背瓜，但这种机会太少了。于是，每到西瓜成熟的季节，我们就成群结队地来到瓜地，悄悄地偷瓜吃。

村里的瓜看得很紧，那些被村支书派去看瓜的人，个个都是村里的壮汉。他们不仅体力好，心肠也硬，每次追赶我们都不要命。我们一般跑不过他们,如果没有地方躲藏,我们就乖乖地站在原地,等待惩罚。尽管这样,我们还是要偷。每年到了六月底,偷瓜就是我们生活中的一件大事。

我们干这件事情的时候,都是组团进行的。几个孩子事先商量好,分成几拨在瓜地的几个不同地点同时进地。一旦看瓜的人追上来,我们大家就分开跑。这样,即使他抓住我们中间的一两个人,我们还是能把瓜偷出来。大家回来以后,自觉地按事先说好的方式,把偷来的瓜多拿出一份,分给那些被抓的孩子。于是,皆大欢喜。但是现在,我成了一个人,村里的孩子都不再跟我来往。小毛的年龄小,我怕我们两个人去偷瓜,会被看瓜的人抓住。小毛却不管那么多,他坚决要偷西瓜。我没有办法,只好跟着他往我们村的瓜地方向走。拴在胳膊上的小鸟受惊了,扑棱棱地抖动着翅膀,惊慌地胡乱飞。

我们村的瓜地很远,在村外两三公里的地方,我和小毛走到瓜地已经是中午了。我们利用瓜地旁的一条大渠作掩护,匍匐着来到瓜地,刚摘了一个瓜,就被拴在瓜棚前的一条狗发现了,它凶猛地狂叫着。我吓了一跳,扔下摘好的瓜拔腿就跑。我一口气跑了几百米,回过头,小毛不见了。我大吃一惊,找一块高处向瓜地的方向张望,什么也没有。我急得哭了,坐在离瓜地不远的一个沙包上,大声地哭泣。在哭声中,我好像看见小毛在瓜地里被看瓜人揪住,打得遍体鳞伤。他一边挣扎着,一边声嘶力竭地叫着我。我吓得捂着耳朵,把脸贴在沙包上……

不知道过了多久,我觉得耳朵里有个什么东西在蠕动,我用手挠一下,它不走,我又用手挠一下,它还是不走。我气得一骨碌坐起身,却发现小毛笑嘻嘻地蹲在我的身旁。他光着屁股,裤子当作口袋搭在脖子上,里面装着两个西瓜,一张只露出大眼睛的脏脸上,沾满了瓜瓤。我一下哭了,跳起来抱住他:"小毛,他们打你了吗?"

小毛一听又笑了,他说:"打什么呀! 那个瓜棚里根本就没人!"我听了大吃一惊，抱着小毛的手也不由得松开了。小毛推开我，把挂在脖子上的裤子取下来，倒出里面的瓜，抱着其中的一个，用拳头打了几下没有打开，又把它滚给我。我知道他的意思，抬起脚对准瓜的中间一脚踩下去，瓜裂开了，我们一人掰一块，狼吞虎咽地吃了起来。

小毛说，听到狗叫，他已经挑了两个瓜。本来想跑，又舍不得，就干脆打开一个吃起来。他想，反正已经吃了，顶多被打一顿，我认了！这么一想，反倒不害怕了。他低着头一个劲儿地吃着，直到把他的小肚皮也吃得像瓜一样滚圆，才发现瓜地里根本没人。他转过身想叫我，我已经不见了。他索性蹲在瓜地，敞开肚子吃起来，直到吃不下去了，才从容地脱下裤子把瓜装进去。他爬上沙包，看见我在睡觉，就折一根狗尾巴草放在我的耳边，轻轻地挠我。

我不好意思了，手里的瓜怎么也咽不下去。小毛看出我的心思，他伸出乌黑的小手从我拿着的瓜中，挖出一块瓜瓤，自己吃一口，然后塞进我的嘴里，调皮地说："没事！你又不知道瓜棚是空的，要是知道了，你也不会跑的！"

我连忙点头。那天，我们想把小毛偷来的瓜全吃完。因为吃得急，衣服被瓜水滴湿了，我也学着小毛的样子把衣服脱了。吃完了西瓜以后，我们来到小河边，把身上的瓜水和衣服一起洗干净，分头回家。走进家门，妈妈已经哭了半天了，坐在炕上悲痛欲绝地叫着我的名字，父亲赶过来打了我一顿，他以为我去小河洗澡被水冲走了。

这一年春天，我开始上学了。母亲给我缝了一个崭新的黄书包，把我送到村口的学校。学校的老师管得很严，一进班就让我当了班长，而且一天到晚地坐在我们的教室里，让我们认字，我不想学都不行。小毛没有人玩了，就天天来到学校，趴在我们教室的窗户上看我上课。老师不愿意了，他说这样会影响我的注意力。老师不由分说，拿根教鞭把小毛赶走了。回到班上,他还郑重其事地告诫我:"以后家里没有什么事情,再不能把弟弟带到学校。"同学们都笑了,我只好点点头。我只能等到放学以后,再找小毛一起玩,但是我的作业太多了,每天放学,还要给家里的那头老母猪拔草……尽管我一再地努力,但面对家里一天比一天灭得晚的小油灯,我终于坚持不下去了。

我和小毛见面的时间越来越少了,有的时候,我一连几天都看不到他的影子。刚开始,我还很想他。时间久了,我也习惯了,他来不来我家,我都没感觉了。对于这一点,小毛表现出了明显的不高兴。有时候他来找我,见我趴在桌子上写作业,就一声不响地走了。再以后,干脆不来了。几年之后的一个早晨,我在校园里碰到了小毛。这时的他,已经是一年级的学生了。他穿一件草绿色的小军装,上衣的口袋还别着我送给他的那支钢笔帽。我高兴地迎过去,想和他打招呼,他却淡淡地看了我一眼,转身回教室去了。我愣愣地站在校园里,大脑一片空白。以后的日子,我没有找过小毛,小毛也没有来找过我。我们在同一所学校里,互不联系。

一天,我们班的体育老师病了,班主任让我带同学们到操场上自由活动。我把大家安排好回到教室,准备写儿童节的发言稿。我刚写了个开头,几个同学就跑来了,他们说我们的操场被几个低年级的学生占了,说什么也不让开。我跑到操场,看见小毛带着他们班的一群学生,站在我们的场地上。我劝他走开,他不听。我推了他一下,他一屁股坐在地上,用很难听的话骂了我一句,冲过来对我的脸抓了一把。我的脸被他抓破了,鲜血一点点渗出来。我愤怒了,冲过去打了他一拳,站在同学中放声大哭。我们班有个同学看不过去,跑到办公室叫来了我们班的老师。后来,我和小毛见面都不说话,各走各的,好像我们两人从来就不认识。

一天黄昏,我走在放学的路上,看见前面有一群低年级的学生,就匆匆忙忙地从他们中间穿过去,突然一块土块飞过来砸在我的后脑勺上。

我回过头,看见小毛站在那些低年级的学生中望着我。我转身走了,任身后的土块雨点般地砸在我的身上。这一次,我没有哭。这一年七月,我离开村子去另外一所学校上学,小毛还继续留在原来的学校。

　　后来的日子,我又交了许多朋友,他们中有年纪大的,也有年纪小的,但再小也没有比小毛更小的……许多时候,只要和朋友聚在一起,我就会想起小毛,想起我们小时候那些朝夕相处的日子,我的心就会莫名其妙地疼起来。他在我的心里,还占有很重要的位置,我看不见却能感觉到,但我却再也没有想过主动去找他。几年以后,我家从村里搬出来,车离开村庄的时候,我发现村口的小河已经不知什么时候干枯了,河底的泥沙无遮无拦地裸露着,有些地方已经长草了,郁郁葱葱地占满了河道。在以前和小毛抢鱼的岸边,我又看见了小毛,他正拿着一把铁锹在挖着什么。这时候的他已经长大了,衣服穿得整整齐齐,上衣口袋里还别着一支钢笔。尽管我们之间有一段距离,但我清楚地看到,那是一支真正的英雄牌钢笔。

母亲的菜园子

　　我家门前有一亩三分地的闲田。每当夏天到来的时候，就长出一窝子一窝子的骆驼刺，在血红的夕阳下绿得如同翡翠，浓郁而深邃。星星点点的小红花，碎碎地在它的枝头点缀。每当有风吹过，便随着枝条一颤一颤地摇动起来。母亲嫌它们没有什么用处，就和父亲一起用锄头，一下一下地把它们刨光，然后让地面凹下去，变成一块空地。春天到来以后，撒上各种菜籽，长出了一些蔬菜来丰富我们的饭桌。这便是母亲最初的菜园子。说它是菜园子，其实并不准确，因为母亲并没有精心地去种植它。家里的哥哥姐姐都外出工作了，只有我和弟弟，母亲就是再怎么随便地撒一点菜种子，也够我们一家吃几季了。

　　母亲开始精心地收拾菜园子，是我和弟弟都离开家以后的事了。那时候,已经在城里安了家的哥哥和姐姐们,决定让我和弟弟也放下铁锹,去城里闯一片天地。当时,母亲突然间衰老了,她长时间地坐在我们家院子的小板凳上,盯着自家的园子看。母亲是个很传统的女人,她和我们村里许多种了一辈子庄稼的人一样,都希望留一个孩子在身边,帮她把这个家承担起来,可我和弟弟都不愿意。

当母亲知道自己的这个愿望破灭了以后,她就不再沉默,先让我和弟弟把菜园子的面积扩大了一倍,然后又让父亲去很远的沙门子,砍了一些铃铛刺来,用枸杞苗夹着,围在了菜园子的周围。当我们把这些活干好以后,母亲亲自出马了,她先把菜园子的地隔成了一个个小小的方块,然后在上面种上西红柿、辣子、黄瓜、茄子等我们比较爱吃的蔬菜。我和弟弟告诉她,我们走了以后,家里就只有父亲和她两个人了,种这么多的菜,吃不了也是浪费,可母亲却像没有听到一样,不停地安排我和弟弟干这干那。

我和弟弟都不再作声,默默地按母亲的指令,精心地种植她的菜园子。我们搞不清楚母亲的用意,想再劝她两句,又怕她不高兴,只好闷闷不乐地上车离开家乡。听说我们走了以后,母亲又指挥父亲去邻村的葡萄园里,买回来十几棵老葡萄树,压在了靠屋子这边的园子里。我将母亲的这些行为告诉了工作的哥哥和姐姐,他们也都很费解。于是我们商量好,抽空一起回家去好好地劝劝母亲,但是,因为大家的工作都很忙,只好定在这一年的十月一日回家去看母亲。

十月一日的前一天,我们就开始准备东西了。我们走在大街上,大包小包地购买东西,有父亲爱吃的水果,母亲喜爱的衣服,当所有的包都鼓胀起来之后,我们才踏上了归家的路。一走进家门,我们就被母亲的菜园子吸引住了。一道绿色的篱笆墙,上面被一层攀缘的喇叭花覆盖着,花朵和枝蔓之间星星点点地冒着几粒红色的枸杞,在绿色的衬托下,红亮晶莹。院子里,已经搭起了一道绿色走廊,枝枝蔓蔓的葡萄藤从菜园子底下升起,顺着搭好的木架,一直爬到了屋顶上。木架下一串串熟透的葡萄,一嘟噜一嘟噜地下垂着,有红的、紫的、黄的、绿的,像用水晶和玉石雕刻出来似的,引得一群蜜蜂嘤嘤嗡嗡地围着它转。

我们涌进房子,把正在睡午觉的母亲叫起来,七嘴八舌地向她诉说着我们对她的思念。我们把礼物都摆出来,等待着母亲的夸奖,可母亲似乎并不在意,她一边点着头,一边拉着我们的手,把目光从这个人的脸上,转移到了那个人的脸上……我们叽叽喳喳地收好礼物,母亲这才想起我们还没有吃中午饭。她一边吩咐父亲去给我们摘一些葡萄,一边把我们领进她的菜园子。走进母亲的菜园子,我们都愣住了,只见眼前的一亩三分地,被母亲打理得井井有条,里面有大姐爱吃的长茄子、二哥爱吃的宽豆角、三姐爱吃的西红柿、我和弟弟爱吃的黄瓜。在菜地的最里面,种着一片韭菜,那是我们全家都爱吃的一种蔬菜。

"怎么样?我把你们爱吃的菜全都种上了!"走进菜地的母亲,一边摘菜,一边得意地对我们说,"别看你们一天在城里,想吃什么就买什么。但那都是人家摘下放了几天的,一点都不新鲜。尝尝我这个,保证叫你们吃了一个还想再吃两个。"

我们你看看我,我看看你,一时都说不出来话。

"进来呀!"母亲摘了菜,一抬头见我们都站在菜园子的门口,就又招呼一声。她说:"这块地呀,可大着呢。等到明年,我打算再买几棵杏树呀枣树呀桃树呀什么的,种在园子里,再在树下种一些草莓,等一两年以后,你们有了家、有了孩子,回来也好有个拌嘴的东西。"

我们的眼睛一下子湿润了,不约而同地走进母亲的菜园子。现在,我们终于明白了,母亲种的不只是菜园子,她种的是我们大家的心啊!

在以后的许多年里,我们一有空就往乡下跑,进门的第一件事就是进菜园子。尽管我们来回的路费已经超过了母亲种菜的费用，但我们依然坚持着。

因为这里埋藏着我们的根。

乡 村 亲 戚

我们村里的人,大部分是从其他省份迁移来的。当时,新疆发展非常快,外地过来的人也非常多,这些人到了新疆以后,要住房子、要生活,所以拥有一技之长是最好的生存方式,即使许多人的技能并不怎么样,但村里人也都接受了,他们常常站在这些"能工巧匠"拙劣的作品前,遗憾却又无奈地说:"没办法,谁叫我们自己不会呢!"新疆的戈壁滩,把新疆人的心胸也陶冶得开阔无比,有些在其他人眼里过不去的沟壑,到了新疆人这里,就变成平地了。

村里人来得多,需要能工巧匠的地方就多。时间长了,大家你拉我,我拉你,一家带一口地在我们村里住下来,打着"匠人"的旗号做一些村里人不会的活,等待村里给他们报户口。这些人中间,真正可以称得上"匠人"的人很少，村里一旦给他们落完户口，他们立即回归成一个地地道道的庄稼人，每天扛着铁锹，跟在我们村里的人身后下大田干活。久而久之，这些人就慢慢变成了我们村的人。但他们对故乡有着一种强烈的怀念，这种怀念再加上漂泊的辛酸，使他们对家乡和家乡周边过来的人，产生了一种爱屋及乌的情感，这种情感逐渐以认亲的方式展现出来，而且愈演愈烈。

村里的农活，大部分是忙半年之后，又开始闲半年……一般在这种情况下，男人们就凑在一起，喝酒、吹牛、掀牛九。女人拿双鞋底背着娃娃，从东头走到西头，说是串门子，实际上是在炫耀亲戚。那时候我们村里的生活非常简单，没有什么娱乐项目，除了老婆孩子之外，能炫耀的也只有亲戚了。村民们平时种地或者浇水，一不小心越了界，损坏了邻居家的庄稼地，碰到过来找麻烦的人，亲戚多的人家只要站在地埂上大喊一声，那些远远近近的亲戚们就会扛着铁锹锄头之类的东西，从很远的地方跑过来，不要说打架，就光那种阵势，就足以让那些亲戚少的人家望风而逃了。

每逢过年过节，村里亲戚多的人更是扬眉吐气，他们中间不管谁家杀了猪或者宰了牛羊，都会打几斤散酒，你叫我、我叫你轮流坐在家里的热炕头上，就着一盘猪肉炒酸菜或者凉拌猪耳朵，挥舞着胳膊，划着拳一杯接一杯地喝着，直到他们中间的两三个人，嘴里叫着"我没有醉！我没有醉！"地倒在炕头上，其他的人才站起来，一边打着饱嗝，一边走到门边，从立在门背后的那条沾着半截泥土用糜子秆做成的笤帚上，折一截细枝条，去掉脏的部分，一边剔牙，一边嘲笑着那些喝醉酒以后趴在炕头说胡话的男人，歪歪斜斜地出门去了。有人走到半路上，被土坎绊了一下，便趴在地上呼呼地睡过去，直到他的亲戚或者家人找来拉扯着搀扶回去，睡到第二天早晨，也不知道自己昨天究竟喝了多少酒。

家里亲戚多的人，孩子出去拜年得来的礼物和男人出去喝酒的次数,就比亲戚少的人家多很多。这时候,亲戚少的人家就坐不住了,他们常常拉着老婆孩子,提上礼品到村里其他人家,七大姑八大姨地拉来扯去,一些本来不是亲戚的人家,也就变成了亲戚。有些实在找不到亲戚了,就把自己家的一个孩子揪出来,找到一个关系好的人家趴在地上磕个头,叫一声干爹干妈。下午,大半个村里的人就变成了他家的亲戚。那时候,村里每家都生六七个孩子……

有时候,碰到同一个地方出来的人,别人问起来为了省事,就直接告诉他们这是我们家亲戚。于是,亲戚这种东西就在村里慢慢地蔓延开了,以至于后来,村里的人见了面,都以亲戚相互称呼。外面的人听到了,还以为是真的亲戚。久而久之,真亲戚和假亲戚在村里人的眼中也分不清楚了,外面来的人更是搞不明白他们这种复杂关系,只能长叹一口气,用既羡慕又嫉妒的口气说,新疆人的亲,扯拉秧的根。意思是既多又杂,不容易搞清楚。

有一年,一个外地亲戚来我们村,因为不知道我家的位置,所以,他一进村就开始向别人打听。当时,我们家村里的另一个亲戚,刚要出门去镇上办事,听了我家外地亲戚的述说,立即转过头,带着他向我家的方向走。那时候,太阳已经开始落了,下地干活的村民们都陆续扛着农具,从地里往家的方向走……看见我家亲戚领着一个陌生人,他们都忍不住好奇地围过去询问。这一问不要紧,我们家的亲戚在路上又认识了很多家亲戚。于是,这些亲戚全部跟着我们家新来的亲戚,一起向我们家的方向走,他们要把这个好消息,一起告诉我的家人。当时,我母亲刚刚吃过饭,正忙着喂我们家的那头小黑猪,突然听到门口传来许多人的脚步声,她打开院门,发现我们村里一半的人,都扛着农具整齐地站在我家的院门外面。

母亲吓坏了,她以为我们家的哪个孩子不小心惹了祸,把村里的人得罪了。看到我母亲受惊吓的样子,找我家的那个远房的亲戚急忙走出来,把这些亲戚介绍给我母亲。我家的亲戚突然又增加了许多。在盖房子的时候,我爷爷没有想到过有一天我家会突然多出来这么多的亲戚,把房子盖小了,亲戚们在屋子里没有地方坐,母亲就只好把他们带到院子里。院子里的东西多,有木头、凳子和老羊皮,母亲把这些东西全拿出来递给亲戚,亲戚们还是不够坐。他们有的蹲在地上,有的坐在大门槛上,还有几个亲戚实在没有地方坐了,他们干脆坐在大门外的猪圈围墙上,不料我们家的猪圈围墙被他们压塌了,小黑猪跑出去,害得我和姐姐找遍了村里所有的玉米地,才在村头涝坝淤泥中把它找到。小黑猪全身沾满稀泥,我和姐姐费了九牛二虎之力,才把它弄回家,身上也沾满了涝坝里面的黑淤泥。

村里的亲戚来了以后,我家那口一次可以做十几个人饭的大铁锅都不够用了,母亲只好去其他村里,借来一口做一次就够全村人吃饭的大铁锅,做了满满的一大锅米饭……这天晚上,我看见许多人拿着碗吃饭。我跑过去,也想吃一碗米饭,可是母亲却为难地在我的耳朵边悄悄地说,家里的饭可能不够吃了,她让我再等等看,如果亲戚们不吃了就让我吃。我和姐姐肚子都饿得咕咕叫了,我家亲戚的那顿饭还没有吃完。我父亲没有办法,只好又去借了一袋大米,继续做米饭吃。

我和姐姐一起捂着肚子蹲在锅灶前,看母亲和村里的那些亲戚不停地往借来的一摞摞大瓷碗里装米饭,不由得流着口水睡着了……等我们醒来,已经是第二天早晨了,空荡荡的大院子里只剩下母亲一个人,满脸疲惫地站在我们家门口那个临时垒起来的大灶台前,疲惫不堪地把前一天借来的碗筷清洗干净。亲戚的这一趟来访,吃完了我家半年的大米和面粉,我家挂在房顶上的那个馍馍筐子里,装着一些颜色金黄的玉米面发糕,我和姐姐一拿到手中,胃里本能地就开始往外冒酸水。

村里的亲戚多了,反而显得不亲了,有时候大家见面,能说的话题也不多。我们邻地的兄弟俩,因为母亲守寡,结婚以后一直住在一个院里分锅开灶。刚开始,两家的媳妇只为谁家的鸡多吃了谁家的几口米的小事,闹不愉快,后来又为他家的猪跑出来,多吃了你家的一口猪食发生口角,最后相互偷拿对方家的东西。刚开始,兄弟两人谁都不在乎,女人事情多,他们总是劝自己媳妇,可是时间长了,在老婆的耳边风下,兄弟两人也开始产生矛盾。

　　这一年的秋天,两家为灌一茬冬麦水,弟弟提前五分钟挖开了哥哥拦水的坝,哥哥发现以后,扛着铁锹冲过来,就向弟弟扑过去。弟弟也不示弱,拿把锄头跑过去,最后还是他们的母亲和村主任过来把他们拉开。村里人都想不通,不就是五分钟的时间吗?哥哥家的庄稼地里少了这五分钟的水,也不会少长多少麦子,而弟弟家的庄稼地多浇了这五分钟,也不可能多收几斗麦子。

　　从这以后,兄弟两人各自盖了自己的房子,搬到村子的两头,谁也不想再见谁。可他们的地是连在一起的,每天太阳出来,他们还得在一块地里除草施肥,想不见都不行。为了表示他们的愤怒,两家大人和孩子见了面,谁也不和谁说话。这可急坏了他们的老母亲,母亲本来三十岁就守寡,把两个儿子像心肝宝贝一样捧在手中养大,后来又给他们分别娶了媳妇,本来希望他们兄弟两人能和睦相处,相互帮助,可如今却为了这些鸡毛蒜皮的小事,弄得老死不相往来。兄弟俩的家人,在地头地尾还可以相互看见,尽管不说话。但母亲就不一样了,她因为年纪太大,不能下地干活,想看一眼儿子或者孙子都非常不容易。她去大儿子家,小儿子不高兴,她去小儿子家,大儿子又不高兴。这样拉来扯去的,他们母亲也跟着生气。

　　一天,他们的母亲去世了。按村里的规矩,兄弟两人和他们的妻子儿女都必须回去，给老太太办理丧事。兄弟俩这时候就是有天大的仇恨，也不能放下母亲的丧事不管。在村委会主任和村里人的劝说下，兄弟俩一起来到母亲的房间，看着没有呼吸的母亲，他们突然一起放声大哭起来。村里年长的老人说："有什么过不去的山海关？都是从一个娘肚子里掉出来肉，他占点便宜你吃点亏，能少了多少？母亲死了，你们还得带着老婆孩子一起跪在棺材跟前哭，一笔写不出两个姓来。"兄弟俩这才明白过来，但已经晚了，他们只能跪在母亲的脚下悲伤地痛哭，但是无论他们再难受，也无法唤醒母亲。

亲戚多了，什么怪事都跟着出来了，他们中间你拿我一点东西，我拿你一点东西，比起那些不是亲戚的人家会更加方便。有的时候，连父母兄妹都不例外。有一年，我老家来了一个亲戚。我父母好吃好喝地招待了他半月，但他走的时候还把我家一个很值钱的大头皮鞋藏在行李里拿走了。当时我母亲气坏了，发誓以后再不认他这个亲戚了。我们家这个亲戚从此以后也消失在我们家人的视线里，一直到现在，我的父母都老得走不动路了，也没有见他再来过。

村里的日子过得不景气的时候，这样的事情层出不穷。气量大的人家知道了，苦笑一下也不会说什么，可是气量小的人家就不同了，他们常常是女人领头，男人和孩子跟在后面，找到人家大闹一场，可这种事情往往又无法对质，最后两家亲戚只能伤了和气，你骂我一句，我打你一拳，从此断了来往。好多年以后，他们在某个地方或某家亲戚的饭桌子上碰面，突然想起许多年前竟为了这样一件小事吵架，两人都有些不好意思了，相互说些道歉的话，从此结怨的两家又重新开始交往了，每个节假日或者婚丧嫁娶，他们都继续像以前那样来往。可有些亲戚就没有这么幸运了，他们往往因为一件小事，一辈子见面绕路走，不再有相互坐在同一个炕头的机会，当然也就没有机会把这些往事说开了。

一年秋天，我们山上的一个亲戚来信说，他家的土豆因为品种没有选好，秋天长出来的果实太小，在村里卖不出去。他请求我的父母，允许他雇个车把土豆拉到我家，让我的家人帮助他卖掉。因为我的父母都知道，他一家老小必须靠这些土豆换些钱来度过冬天漫长的岁月，而我们村里又从来没有人愿意种植土豆。父母是软心肠的人，听了亲戚的话，当即就让我大哥写了一封回信，让那个亲戚雇车拉上土豆来我们家卖。土豆倒在我们家的院子里，我父母傻了眼。原来这些土豆个个小得就像我们在树上掏的野鸽子蛋一样大。没有办法，父亲只好把我们村里的亲戚请来，让他们帮忙想想办法。村里的亲戚来了以后，不但不帮忙想办法，还个个对种土豆的亲戚说风凉话。有人说："这样的土豆，你还费工夫挖它干啥？不如放在地里让它第二年再接着长，说不定长得比南瓜还大呢！"还有人说："这哪是土豆，分明一堆石头蛋子嘛！"

我父母着急了，土豆再小，也是人家用来维持生计的食物。如果不卖掉，我们家那个亲戚一家老小冬天怎么生活？亲戚不好说，我父母得说。于是，他们只好跟在亲戚们的后面，请教卖土豆的方法。一个亲戚冷笑着说："这么小的土豆怎么卖？拿去喂猪，猪都不一定吃。"亲戚中的其他人也跟着应和。种土豆的亲戚意志彻底垮了，他只好赔着笑脸说："既然不好卖，各家就拿个东西装一点回去，喂鸡喂猪的，也算亲戚一场。"亲戚们听了，立即跑回家，动员老婆孩子推着自行车、拉拉车来到我家的院子里，一下午的工夫，一车鸽子蛋大小的土豆都被他们拉回家了，他们又把这些土豆当作礼物，送给我们村里的其他亲戚。一连几天，我们村里家家户户门前点燃一堆篝火，煮土豆和烤土豆的香味，连续在村庄上空飘荡了很多天。亲戚之间见了面，吐出一口气来，里面都是土豆味。

山上的亲戚不但没有卖掉土豆，还多花了一趟雇车的路费，我父母怕他回家没办法过年，就动员村里的亲戚们，一家送给他一点玉米粉。这些玉米粉合起来，只装了一麻袋多一点。我父母帮着那个亲戚，把这一麻袋多的玉米粉抬到公共汽车上，我家那个山上的亲戚又多花了一个人的车票钱，才把那一麻袋多的玉米粉拿回家。从此以后，我们家山上的亲戚再也没有来过我们村里，偶尔碰到了其他亲戚，相互也都不再提当年卖土豆的事情。那些土豆像一个个噩梦，留在山上亲戚的记忆中，直到他离开这个世界。

亲戚多了，也就有了亲疏远近之分。这些交往，往往忽略了亲戚之间应该有的亲缘和血缘关系，有些本来不是亲戚，随着时间的推移，逐渐交往成了亲戚，甚至超过了两代，他们依然像很亲的亲戚那样来往走动着，一直到大家的头发全都白了，还相互坐在一张桌子上，像亲兄弟或者亲姐妹那样，说着年轻时候经历过的一些事情，喝酒调侃。而坐在他们身边的晚辈们，等亲戚去世以后好多年，都搞不清他们之间的那种亲戚关系，没有办法，他们只能跟着自己的父母辈，沿着以前的方式继续像亲戚那样交往，时间长了，相互之间的感情越延续越深。而一些真正有血缘关系的亲戚，却因为话不投机，在平时的生活中，来往慢慢变少了，最后成了熟悉的陌路人，许多年以后，在村头或者村尾碰见了，也当作不认识。

母亲的麦地

　　从小生活在母亲的麦地里,对麦地的感觉是一片模糊的绿,我稍大一点就提把铲子,整日跟在母亲的身旁,常年为满地的杂草奔忙。母亲的麦地基础不好,每年春天,麦子都还没有长出来呢,那种被称为芦苇的植物,就齐刷刷地从土里钻出来,占据了麦子的位置。母亲说,麦地是我们家一生的依靠,如果照顾不好,咱家人年年都会饿肚子。

　　为了不让我们全家人饿肚子,在整个麦子的生长周期里,我都会跟着母亲来到麦地,和芦苇斗争,但是芦苇的生命力太顽强了,很多时候,我早晨刚刚铲除了它,下午它又探头探脑地从土里钻出来,耀武扬威地站在麦地里,害得我和母亲的手上,常年磨起了一串串的血泡,而且胳膊也肿得抬不起来。

村里的人说,母亲的麦地基础不好,以前是一片芦苇滩。我不知道母亲为什么会选一片芦苇滩作为自己的麦地。很多的时候,我都把羡慕的目光投向邻居家,看着他家茁壮的麦地,感叹他家的好运气。母亲说,别看他家的麦子长得茁壮,那都是和别人家一起合种的,够不够吃,到了年底还不一定呢!果然,年底相邻的两家,就像事先约好的一样,一起来到我家借麦子。这时候的母亲,似乎很幸福,她已经忘记了我和她种麦子时的那些辛苦。她总是很耐心地把我们家仓库里的麦子挖给那两户人家,然后还用手抹平了,嘱咐他们来年记得还。我知道,我永远没有权利替母亲来选择她的麦地。于是在很长的时间里,我都不得不跟在母亲的身后,很费劲地帮她改造麦地。

母亲的麦地似乎很固执,许多年之后,它还按自己最初的模式生长着,丝毫不为我和母亲的辛苦所动。我很失望,建议母亲放弃这块麦地重新选一块种。母亲却执意不肯,她认为一个好的庄稼人,不是把一块好地种好,而是把一块坏地种好。我知道,母亲的这一生,是不会把她的麦地种好了,尽管她不愿放弃,这并不等于她自己就一定能有信心把自家的麦地种好。我知道,母亲只是不想向村里的人公开承认自己的失败罢了,尽管这失败是大家有目共睹的。在许多个夜晚,我都能听到母亲深深的叹息声。她不想让我知道,是不想让我比她更失望。母亲已经知道,她无法让自己的麦地,长成她所希望的样子。于是每天早晨,她都强装笑脸地陪我走进麦地,做出一副很努力的样子,她的目的只是不想让我和她其他的孩子一起饿肚子。

长年跟着母亲改造麦地,我的背很自然地弯曲了下来,很多时候,为了铲除一把杂草,我都不得不跪在地上,让头和铲子一起使劲。上学的时候,同学们都跟在我的身后,一起嘲笑我。尽管我很努力地纠正,背还是回不到原来的样子。我恨透了母亲的麦地,但我却没有权利放弃它,只是趁母亲不注意的时候,提起铲子把原本平整的地面,挖得高一块低一块。母亲的麦地,让我产生了深深的恐惧,以至于我长到十八岁,对麦地都没有一丝好感。但麦地是一种标志,它是衡量一个人长没长大的一把尺子。我不想永远长不大,更不想依赖母亲的麦地生存一辈子。

在一个春天,我开始挑选自己的麦地了,等我走进可供挑选的麦地才发现,麦地在没有耕种以前,样子都是一样的。你根本看不出哪一块地能长麦子,哪一块不能长麦子。在母亲和村里人的催促下,我只好在我的脚边随便选择了一块麦地。这块麦地东面靠水,南面靠坡,最关键的是它离母亲的麦地远。我不愿意让那种叫芦苇的东西,再长到我的地里,苦恼我的一生。

地选好以后,村里的人都来庆贺。他们高兴地看着我的麦地,就好像看着他们自己家的麦地。我知道,他们并不是在为我高兴,他们只是为自己多了一个竞争对手而兴奋。只有我的表哥阴沉着脸,瞪着两只不解的大眼睛望着我。他不想让我拥有这块麦地,怕我年龄太小,没有能力种好。我无法向他解释我此刻的心情,只好低下头,把我从母亲那里背来的小麦种子,有一下没一下地种在地里。

麦子很快就发芽了,而且没有杂草。在庆幸之余我惊异地发现,我地里的麦子,只长了一半,另一半地是空的。我不知道这是种子的问题,还是地的问题?我试图把有麦子的地里的麦子,移栽到没有麦子的地里,但它们还是死掉了。我想不通,两边的麦地我用的都是同一种种子,为什么一边长麦子,而另一边不长麦子?我去村里借来了一些其他人家的麦种撒在地里,另一半地依然不出苗。无论我怎么努力,它们都没有一点反应。我终于没有耐心了,我无法忍受这种落差,我决定放弃这块麦地了。母亲却不同意,她说,没有麦地的人,一生都活得不踏实。我已经不想踏实了,麦地耗费了我许多的时间和耐心,我已经没有精力再去顾及它了。

我放弃我的麦地的第三天，它就被人拿走了，那是住在我们村不远处的另一个村里的女人。她说，她觊觎我的麦地已经很久了。尽管它只长一半麦子，但那一半麦子，足够她一个人吃几季的了。我无法认同她的这种想法。我认为，如果我的麦地让我付出了多少辛苦，它就应该给我多少收获。我无法忍受这种半阴半阳的麦地，即使它一年可以给我一生的口粮，我也不愿意。

没有麦地的日子，我常常被村里的人们看不起，为了摆脱他们的目光，我只身来到了城市。听说，城里人是不种麦子的，但他们一年四季都会有粮食吃。来到他们中间，发现果然如此。虽然看不到他们的麦地，但他们的身体却始终很健朗。每顿饭他们都把自己撑得饱饱的。有的时候，他们也想请我吃一点，可是我总不敢。我怕因为我的这一口，会叫这些没有麦地的人日子过得窘迫起来，但他们中间的许多人却满不在乎。他们说，粮食是别人的，肚子是自己的。

有一次，我睡着了，在梦里不小心吃了一口别人的粮食，第二天早晨醒来，就被一个女人堵在门口，她说我吃的是她和她孩子一生的粮食。因为我的这一口，她和她孩子这一生都将没有粮食吃。从此以后，我不敢再胡乱吃粮食。由于长时间没有粮食吃，我的身体一点点瘦了下来。最后，像一只风筝一样，被风刮到了天上。在天上的日子，我过得很轻松。每天随着风飘到这里，又飘到那里，快乐得像个不食人间烟火的神仙。

因为没有麦地，我的心开始变得不踏实。有一天，我终于从天空中落了下来，掉在一片麦地里。我这才发现，原来城里人也是有麦地的，只是他们的麦地离家很远，不容易被人看见。许多个星期天，他们都会和家人一起来到这里，耕种他们的麦地。他们的辛苦一点也不亚于农民。城里人的麦地大都很整齐，每块地里都长满了麦子。即使有个别长草的地里，麦子也都比草多。不像我们乡下的地，每块地里面的草几乎都跟麦苗长得一样多。我走到麦地的埂子上，发现被麦地夹在了中间。尽管我走得小心翼翼，仍不时地踩在别人家的麦子上，或是被别人家麦地里长出的草勾住脚脖子。

为了避免这种尴尬，我决定在这里选一块麦地，回头张望的时候，我才发现，很多麦地已经被别人选走了，除了个别被人抛弃的空地，和一些新规划进来的地。被人抛弃的麦地，没有适合我的，我只好选择新规划进来的。这样的地，一般都有比较明显的缺点，不是这块太高，就是那块太低，我只能站在高高低低的浮土中，选择自己的麦地。

这次，我已经掌握了挑选麦地的基本方法。我先蹲在地头，把这块麦地的土放在嘴里尝一尝，感觉一下它的酸碱程度，然后借来标尺，测测土地两头的高低程度，才开始选择地块。我把选择好的地块，用水泡透，再让阳光把它晒干，然后用拖拉机的犁头犁开地面，再把磨放上去，把高的地方磨平，把低的地方拉齐，让整个地块都变得平坦。

地稍微干一点以后，我就开始播种了，将买来的种子很仔细地种在每一条地沟里，用脚踩平它。我怕踩得太浅，风吹走了它，又怕踩得太实，困死了它。所以，在踩的时候，我只用脚尖。于是我的鞋子被毁掉了，在整个干活的过程中，我只能光着脚。我的麦地很快就长出麦子了，麦苗虽然显得有点稀疏，但整个地块都是满的，尤其让我高兴的是，它没有长出像母亲麦地里的其他植物。尽管这时候，我也时不时地来到麦地里，把一种叫扯拉秧的植物连根拔起。这种植物面积很大，一出来就比较惹眼。如果你一次性把它拔了，或许它这一生都不会再长出来了。

于是我的麦地开始丰收了，粮仓在我家占据了很大的一块地方。这时候，我的母亲明显衰老了。她已经没有能力再去改造自己的麦地，只好让它按自己最初的模式，重新又长成了一片芦苇滩。在很长的一段时间里，母亲是住在我们家的。她常常长时间地盯着我的麦地，没有一句赞扬的话。我知道,其实从母亲的内心来讲,她也和我们村里其他的人一样,对我的麦地持否定态度,尽管我的麦地超过了村里人几辈子种的麦地。但无论如何,我是不会因此而改变自己对麦地的选择的。在这一点上,我比较认同有人说过的那句话:肚子是自己的,粮食是自己的,能不能吃饱,也只是自己的感觉。

有的时候,我会把多出来的粮食拿出来,给母亲和许多缺粮的人;有的时候,我也会拿出来给来来往往的耗子们一点。不管怎么说,大家共同生活在这个世界上本来就不容易,可是我也明白,在所有的麦地中,我的麦地永远都不是长得最旺盛的,但我很知足,因为它给我的虽然比我付出的少一点,但也少不了太多,至少让我想起来,心里多多少少有一点难得的平衡。

城市的浪人

放弃了麦地之后，我似乎成了村里的罪人，许多村民再见到我，都用充满敌意的眼神看着我，好像我搬了块石头砸了谁家的锅。许多时候，我走在村里，村里的小孩子们也会跟在我的身后，编出顺口的儿歌嘲笑我。母亲的脸比平时灰了许多，好像我没有结婚就把孩子生在了娘家的炕头。她虽然没有说什么，但每当吃饭时她盛饭的动作都让我有一种坐立不安的感觉。

为了生计，我只好只身来到了城里，走出车站，我心里一片茫然，不知道自己应该向哪边走，也不知道应该往哪里去，因为在这个城市里，除了几个文友，我几乎再没有认识的人，就连这几个文友，也是我在一年前的文学旅游笔会上才认识的，能不能帮我，我心里也没有底……我抱着百分之一的希望，来到了芬姐的办公室。在芬姐的引荐下，我来到了文联下属的一个单位做文秘，每月工资九十元钱。

这时候的我，对生活已经不抱太多的奢望了，只要有一碗饭吃……单位没有宿舍，我就去医学院家属区租房子住。那时候，一间房子要九十多元钱的租金。我身上的钱不够租一间房子，就只能租一张床，而且这张床还在火炉旁边，每天早晨房东来生火的时候，大量的炉灰会飘到我的床上，没有办法，我只能买一块很大的花布，围在我的床周围……和我住在一起的，是一群从乡下来的孩子，她们不是在这里上学，就是出来学手艺，我夹在她们的中间，老成得就像她们的阿姨，尽管我只比她们大一两岁。每天晚上，我在她们的笑声中睡去，又在她们的歌声中醒来。我和她们的年龄相差无几，为什么我的忧愁会远远多于她们？

走进城市以后，我才发现自己的渺小，很多时候，我都觉得自己像一粒飘在空气中的尘埃，随风四处飘游。有的时候被风吹上去，有的时候又被雨打落下来，更多的时候被车轮旋起的风，吹落在马路的角落里。

每个星期天，我都会异常孤独。我长时间站在别人家的屋檐下，看着他们自由自在地从自己的家门口进出。晚上我就开始做梦，梦见自己从一个很高的地方，向一道没有光明的黑洞坠落……于是，我的衣服和头发，都被汗水浸湿了。醒来以后，再也睡不着，睁着眼睛一直到天亮。这段时间，我就会想起家乡，想起父母，想起那个被我抛弃的一半长麦子一半不长麦子的土地……我想如果母亲此时出现在我面前，我一定会扑到她的怀里，放声大哭一场之后跟她回去，随便她带我去天涯海角。但是第二天早晨一起床，我的这些想法就又烟消云散了。我只能匆匆忙忙地夹在城市的人流中，为自己的生计开始奔波。

这样的日子，一过就是一年多。尽管这期间，母亲也曾来看过我，希望我跟她回去，安安稳稳地找块地种。可是我已没有了那份种地的兴趣。

我知道,我的根是长在土地上的,离开了村子,我就没有了立足之地,只能成为城市里的一名流浪人。即使这样,我也不愿意回去承受村里人强加给我的束缚,但是在城里,我又常常觉得自己像一头迷失了家园的驴,无论怎么努力,都找不到家的温暖。

这年秋天,我无意间来到了山里,看到满坡的松树,心情豁然开朗。那些高高低低的松树们,有的长在山顶,有的长在山脚下,还有一些长在山的半中腰或悬崖的边上,尽管它们的位置不同,但它们却个个都长得郁郁葱葱。看山的老人告诉我,树的位置不是它们自己选择的。它只能随着风走,落在什么地方,就长在什么地方,就像我们人一样,生在什么样的家庭,就报什么样的户口。这并不是树的问题,有人说这不公平。因为从整体上看,山下的松树看起来似乎粗壮高大,而山上的松树却瘦小秀气,但它们离天空的距离却大不相同。

山上的松树,因为有山支撑着,它一长出来,就比山下的松树更接近天空,而山下的松树,因为地理位置的缺陷,无论怎么长,也拉不近与天空的距离。其实,这只是一个方面。山上的松树,尽管生来就比较接近天空,但它却要时时接受暴风雨的洗礼,而山下的松树,虽说离天空的距离很远,但因为有山和其他植物的遮挡,相对来说,它生活得就安稳一点。尽管如此,山下的松树并没有因此而放弃生长,它依然利用自己身边的养分,拼命地壮大自己。因为对它来说,树和天空的距离,那是游人们才考虑的事情,而懂得用材的人,注意的只是木材本身的价值,不论它曾经是长在山脚下,还是长在山顶上,抑或悬崖边……

从山里回来,我的心情不再郁闷,每当休息的时候,我都用省吃俭用下来的钱买一些书回来,认真地丰富自己。因为我知道,尽管现在我还是一名城市的流浪人,街上的水泥路面坚决地不让我扎根,但社会的发展不可能是一成不变的,就像我们身边的高楼大厦,今天盖成这个样子,明天又盖成那个样子。尽管这些大楼中都暂时还没有我的位置,但我坚信,总有一天,会有一个识才的人,把我拿上去做他房屋的顶梁。如果我撑不起来,那就是我自己的事情了。

我努力着……

荒芜的园子

　　我的一个朋友在乡下生活，他有六十多亩的麦田，却总是吃不饱肚子。他的老婆很了不起，四年时间竟然给他生了两对双胞胎——四个儿子。这就让他家的粮食，更加供不应求。他家的土地很多，但化肥却很少。当时的化肥是定量供应的，每次分配，他都只能领到一两袋化肥。这就让他家的土地，一多半派不上用场。每年冬天，他只好来我家，我们就省点粮食给他的孩子们。

　　一天，我的朋友走在街上，不小心被一个只抬头不看路的人绊倒，他爬起来打算打架的时候，看到对方工作服上印着"化肥厂"三个字。我的朋友欣喜万分，好像走路不小心摔倒捡了个金元宝，嘴巴都乐得合不上去。他挥出去的拳头在空中转了个圈，就又返了回来，抱住那个人的胳脯,一个劲地向他问好。尽管那个人不停地解释自己只是化肥厂的一个普通看门人,我的朋友也一脸的不在乎。因为在他的眼里,化肥厂的看门人和化肥厂的厂长没有什么区别,无非一个走路一个坐车。这些都和他没有什么关系,唯一和他有关系并深深打动他的就只有"化肥"这两个字,这是他的宝贝和命根子。

这天下午,我这个一向节俭的朋友慷慨地把化肥厂的看门人请进了路边一家没有人进去的小酒馆,要了两碟盐煮花生和一瓶散装白酒,天昏地暗地喝了起来。他们两个人喝得高兴的时候,看门人变成了厂长,他慷慨地答应给我乡下的朋友送几袋化肥。我朋友激动得热泪盈眶,他当即端起酒杯,给化肥厂的看门人敬了三大杯白酒。

化肥送到了我家,我朋友开始着急了。他的家离这里隔着几百公里的路程,而且又没有直达的车……他只好把这些化肥暂时存放在我家里。我家的房子空间小,而且阴暗潮湿,有毛病的水龙头会时不时地自己打开,让我家的家具被泡湿无数回。我思考再三,决定就把朋友的化肥放在我卫生间的墙东边。因为这里地势比较高,又不容易进水,关键是它靠着我的园子,一旦发生什么事,我就可以在最短的时间内,把它从墙上挖的洞转移到别处去。东西放好以后,我就把这事给忘了,长时间沉浸在自己的创作中不能自拔。

我朋友虽然急需化肥,但因鞭长莫及,也只好暂时放弃这些化肥,但他回去以后的神情,却是以前不曾有的。他说他在城里有许多的化肥,可以用几季。于是,村里的人们都对他另眼相看。

朋友的这些化肥一直放在我的家里。我是一个闲人,没有田地,化肥放在我家里也没有什么用,丢了可惜,不丢就是一堆垃圾,可它毕竟是我乡下朋友的宝贝。如果有朝一日能运回去,不仅可以多打一些粮食,而且也会让我朋友的四个儿子兴奋好多个日子。

化肥放在我的家里,被我渐渐地遗忘了。卫生间的那几个袋子,和我家的其他东西一样,成了我家的一种累赘和负担。每次我女儿上卫生间,都烦躁地踢上几脚,嫌它占用了自己生活的空间。一个春天的下午,我给园子浇完水,就早早地躺下了,第二天一早,我被女儿的惊呼声吓醒,来到园子,我惊奇地发现,我园子的草,突然在几天之间全都长高了,变成树的样子,特别是我以前最喜欢的一株仙人掌,长得和我的房子一样高。记得我最初把它带回来往门口栽的时候,母亲说什么也不同意。她嫌这种植物刺太多,怕一不小心会划伤我,可是我却很固执地告诉她:"这种草,虽说它的刺可怕,但和它的花比起来,只是很小的缺点。"

　　我把它种在园子以后,它果然很争气。一年两次的花季,让我和我的家人几乎都忘记了它的刺。但是现在,这种有着小缺点的草,却挡在我园子的门口,让我不能进入园子。因为疯长,它的花都凋零了,刺长得像钢针一样锋利,并且毫不留情地划伤了我的衣服和脸。我不知道我园子的草怎么了,是什么让它们在几天之间,全都变成现在的这个样子?我怀疑是我浇地的水,带来了让它变异的物质。听人说,这年头污染很厉害,很多有害物质都会通过空气和水源传过来,渗透到我们生活的每个角落。我来到水渠边,看遍了周围的草,只有我园子的草,长得和其他地方不一样。

　　我长时间凝视着我的草,不明白是我的草真实,还是其他地方的草更真实,或者两处的草都同样真实?它们一年四季拼命地长着,最后到底要长成什么样子?我想起了我乡下朋友的化肥,它既然能让不够吃的麦子长得够吃,肯定也可以使想成为树的草长成一棵真正的树。这天晚上,我走进卫生间,突然发现那些平时都直立的化肥袋子,不知道从什么时候起全都趴在了地上,仿佛和我一起浇了一天的园子,一副疲惫不堪的样子。我不知道它们是怎么一回事。是什么样的狂欢,把它们累成了这个样子?

　　我走过去拎起袋子,想把化肥搬到园子里,却发现这些化肥不知在什么时候,全部突然失踪了,像一群幽灵一样,集体从我的卫生间的地上悄悄溜走了,并且消失得无影无踪,只把这些像它们衣服一样的袋子,遗落在我卫生间的地板上。我想它们一定是闷了,出去溜达溜达,可是我等了好多天,它们都没有再回来的意思。第二天早晨,当我再次走进园子,竟然惊奇地发现,我园子里的草,生长的方向全都朝着一个地方倾斜着——我卫生间的墙壁。我突然觉得无比的悲哀,所有的泪水顷刻涌上我的眼眶。我觉得自己太傻了,养了这么多年的草,却不知道它们原来每一棵都不愿意只作为草的样子生长,在它们的骨子里,都把自己看作是一棵树。尽管它们只是草的种子,也许长一百年都不会长成树。

　　这些化肥竟然能让我园子的这些原本非常可爱的草们,放弃自己多年的形象,变成树不像树、草不像草的样子。

　　我来到化肥厂,想再买几袋化肥拿回家去,上到我的园子里,成全我的草长成大树的愿望,但化肥厂的大门却紧紧地关闭着。周围的邻居告诉我,化肥在城里卖不出去,厂子已经倒闭了。听说我园子里的草疯狂长高以后,我周围的人都来观看。他们望着我园子里的草不像草、树不像树的怪模样,笑得前仰后合。他们把这当成一个笑话,广为传播,弄得我很尴尬。我来到园子里看着我的草,不知道应该怎么处理它们。我想铲除它重新种植一块,但已经没有了精力。想留着它们,我也失去了兴趣。

　　我的草这时候也开始反省自己,当它们明白自己已经长不成树以后,立即改变了对我的态度,依旧像往常一样对待我。在每次见到我的时候,都像以前一样对我摇头致意。它们那宽大的叶子在我面前殷勤地摆动,就像无数只臂膀,希望得到我的呵护。于是,在一个没有人注意的夜晚,我背起背包悄悄地离开了我的园子,让我的园子彻底荒芜。我想,也许我的草们本来就是一棵棵树，只是没有其他的机会，才只能以草的样子生存着。现在，我决心让它们自由地生长，能长成什么样子就长成什么样子！说不定几百年后，它们真的会长成一棵树！

梅　莹

　　梅莹刚刚开始上班的那一年,我们村子里还没有花。那种通常被我们称作花的植物,是长在田埂下或者菜洼旁的叫蒲公英和苦苦菜的植物。每年五月份,都会开出一种黄色的小花,在风中摇曳。那种花极小,而且有些发苦。花茎上,经常分泌出一种牛奶一样的液体,黏在手上时间长了会变成黑色,并且不容易洗掉。这种花谢了以后,长出一种絮状的白毛,被风一吹飘在空中,稍不小心,就会迷了人的眼睛。

　　梅莹从城里来我们村子的时候,离这些植物开花还有一个多月的时间。十八岁的梅莹,每天骑一辆小型的女式自行车,穿梭在我们村子和学校之间的土路上,沿途陪伴她的除了她的学生以外,还有一种半灰半绿的叫沙枣树的植物。这种植物是村里用来防风沙的。每年夏天,它们可以给村里过往的行人遮阴,到了五月下旬,还会开出许多碎碎的小花,颜色和蒲公英差不多,可是其香味却比蒲公英浓郁多了。每年五月底,沙枣花开的时候,我们整个村子都被包裹在它的香气里,偶尔有谁从沙枣树下走过,不小心沾了一点沙枣花的香气,那种浓郁的花香就一直萦绕着,久久不肯散去。但是,梅莹去的时候,沙枣花还没有开,一串串绿色碎粒形状的花蕾,隐藏在树叶的中间,就像那些天天坐在教室认真地听她讲课的学生,既质朴,又纯真。

当时,梅莹的心情很不好,从养父家回到生父家,她想寻找那种渴望已久的亲情,可是这些东西都在时间的流逝中,被生父一家人遗忘了。梅莹很失望,她不喜欢这里,这里的人也不喜欢她。不同的生活习惯和背景,让她觉得自己和这里的人,是世界上不同的两种人。可是阴差阳错,她却偏偏又回到这里,当起了村里学校的初中语文老师。好在她这个人很有责任感,无论心里怎么想,工作起来还是很认真的。她身上那种城里人独特的气息,和年轻人初生牛犊不怕虎的精神,都使这里的孩子们感到既好奇又新鲜。它不但牵引和感染了学生们一个个稚嫩的童心,也引来周围人一片异样的目光。

梅莹每天在校园里跑来跑去,为工作上的大事小事忙碌着,全然不知道她的身后,有一双眼睛已经悄悄地盯上了她。这个人是学校的教务主任,名叫王为仁,已经五十多岁了。从进这个学校起,他就在这个职位上,现在已经三十多年了。

一天,校长把梅莹叫到办公室,犹豫了一会儿后才为难地告诉她,教务主任王为仁决定给她分一个班,让她做那个班的班主任。梅莹想了一下答应了。她听说带一个班很累,但她从来就不怕累。再说,她本来就是当老师的,做一个班的班主任,应该是很正常的事情。但是分完班后的那天下午，有人悄悄地告诉梅莹，分给她的那个班是全校最差的一个班，因为没有老师肯带才推给了她。梅莹愣住了。第二天早晨，当她夹着书本走出办公室，准备上第一课的时候，看见许多学生，在上课的铃声响完以后，仍然站在教室的大门口向外张望。其他老师告诉梅莹，这些学生就是她班里的。梅莹心里一凉，绷着脸迎着学生走去，学生们吓得跑回教室。

梅莹把教案放在讲桌上，抬起头看见许多座位上空荡荡的。她问班长怎么回事，班长犹豫了半天才低声告诉她，他们班上课一向都是这样的，学生想听就听，不想听可以到外面去玩。这是以前的班主任王为仁定下的规矩。梅莹生气地把教鞭往讲桌上一扔，叫上班长转身走出教室。在学校的大门口，班长站住了，胆怯地看着前面。梅莹抬头一看，发现一群高高低低的学生穿着歪歪斜斜的服装，围在学校的大门口，嘻嘻哈哈地打闹。看见梅莹走来，他们假装没有看到。有一个学生还故意拿梅莹跟大家开玩笑，他们中间个子最高的比梅莹高出半个头。

梅莹走过去，站在这些学生面前，用很严肃的目光把他们上下打量了一番，然后严肃地问他们："你们是哪个班的？都已经上课好长时间了，你们为什么还不进教室？"

一个小个子男生，把头上戴的一顶黄色帽子的帽檐往下一拉，满不在乎地说："进教室有什么用？反正老师也不会喜欢我们。我们学得再好，也没有人看得起我们。"

梅莹说："你们没有亲自试一试，怎么就知道没有人会喜欢你们？你们这副样子，难道就能被人看得起了吗？"

她说完，头也不回地走回教室。

那群学生突然沉默了，他们你看我一眼，我看你一眼，不知谁第一个带头，大家陆陆续续地转过身，跟在梅莹身后走回教室，坐在自己的座位上。梅莹放弃了前面备好的课，把书翻到课本中间，给他们讲起了法国作家都德的《最后一课》。梅莹讲得很投入,她把小学生小弗郎士的悔恨和依恋,用充满感情的声音讲了出来,引起了学生们的共鸣,使学生们深感震撼。学生们一个个含着眼泪,望着梅莹,好像此刻她就是课文中那个就要离开他们的老师。这节课,学生们听得非常认真。课讲完后,教室里还是没有一点声音。梅莹转身离开教室。她不想给同学们总结,告诉他们应该怎么去珍惜自己拥有的一切。她知道,课文中应该告诉大家的道理,都已经讲到了。她只想让同学们自己冷静下来,好好地去想一想。

梅莹走到办公室门口,突然听到身后传来一群学生的呼叫声。她回过头,看见刚才在学校大门口站着的那群学生从后面追上来。那个戴黄帽子的学生把一本翻开的数学书递给梅莹,指着一道数学题说:"老师,这一道题我不会做,你给我讲解一下,好吗?"其他的学生一起盯着梅莹。梅莹愣住了,她上学的时候,数学不是她的强项,可她却不能不接。她知道,这些学生是在试探她。如果今天这一道题做不出来,以后她在学生们心目中的形象就要大打折扣。她只好接过那道难题,转身回到教室,找了一个学生的位置坐下来,把这道题很认真地看了一遍,拿起一张草稿纸开始计算。她做得很慢,但很用心,学生们都站在课桌四周看着梅莹,梅莹把每一个数字算出来以后,都认真核对一遍,生怕不小心做错了,会引起学生的嘲笑。班长和几个好心的学生,在一边不停地提供解方程式的公式。

题解答出来了,学生们都四下散开,只有戴黄帽子的那个同学依然一脸悻悻地站在梅莹的身边,拿着梅莹做的数学题翻来覆去地看着,似乎不相信是她做的。其他的同学站在教室的后面,远远地看着那个戴黄帽子的同学。梅莹走过去,站在黄帽子同学的身旁,低声问他的家住在什么地方,黄帽子同学不好意思了,他连忙站直了身子说,他的家住在八家户村。这个村梅莹知道,它既遥远又贫穷,离他们上学的地方,有十几公里的路,他们每天早晨来上课的时候,都要骑一个多小时的自行车。现在天冷,许多同学的手都冻伤了,皮肤裂开一道一道的小口子,一动就流血。

梅莹没有说话,她回到家,找出了家里没有来得及卖掉的羊毛,求父亲捻成毛线给她,她又找到村里几个会织毛衣的女人,帮她织了几双手套,放在这些学生的座位上。她很严肃地告诉她的学生们,要想上学,就必须天天来学校。如果不想上了,就回去帮父母种地。这样,既可以给父母减轻一些经济负担,也可以让自己良心过得安稳。学生们都不吭气了,他们低着头谁也不说话。

从此以后,每次上课的铃声一响,梅莹班里的学生们就会很自觉地走进教室,听她讲课。但其他老师的课,他们还是逃课。其他老师不高兴,把这个情况告诉梅莹,梅莹不相信,她来到教室,发现这里又恢复成以前的样子了。黄帽子同学带着其他同学在校园里打闹。梅莹找到他,把他的帽子从头上扯下来,往地上一扔就哭着跑了。那几个同学吓坏了,他们快速溜到教室,一个个低着头坐在自己的座位上。

这天,梅莹一直没有再来教室,黄帽子同学心里过意不去,就来到梅莹的办公室,代表其他的同学向她道歉。他说,因为班里的同学纪律和学习都不好,学校的老师看不起他们。所以,他们采用这种方式抵抗。梅莹看出他因为长期被人歧视,已经对自己失去了最起码的信心。她很郑重地告诉黄帽子同学,要想让人家瞧得起,就必须做出让人家瞧得起的事情。为了证明自己的话,她还亲自带领全班的学生,在全校卫生大检查之前,把学校的整个卫生区打扫得干干净净。

这件事情在学校反响很大,在周末的学校大会上,校长第一次公开表扬了梅莹的班。梅莹得意地看了一眼她的学生,见他们个个低着头,不好意思地捂着嘴偷偷地笑。学校的教务主任王为仁却想不通,他找人四处调查,说什么也不相信学校的卫生区是梅莹班的学生打扫的。梅莹班的学生们知道以后很生气,他们全部集中起来,准备去找教务主任,梅莹制止了他们。她告诉大家不要跟别人计较,做什么事情,只要自己走得正行得端就行了,别人爱怎么说,就让他们说去。学生们的心,慢慢地平静下来了。他们在梅莹的耐心教导下,开始变得努力起来。

这学期的期中考试,梅莹班的学生平均成绩由以前的倒数第一名上升了两个名次。同学们都不好意思,见到梅莹头也不敢抬。但梅莹却很高兴,她说,这是万里长征迈开的第一步。为了庆祝这一胜利,她带着学生来到自己家中,亲自下厨做了一大桌菜,向他们表示祝贺。同学们都很感动,黄帽子等一帮同学含着泪水表示,他们以后一定会听梅莹的话,为老师争口气。梅莹纠正他们说:"不是为我,是为你们自己。"她给学生们讲了这个村庄以及村庄以外的生活。同学们全都惊奇地睁大了眼睛,他们不知道,原来在村外还有另一种他们从来没有见过的生活,而这种生活,只要他们付出努力就可以得到……这天,学生们玩得很高兴,从梅莹家出来的时候,大家都已经找回了自己丢失已久的自信心。他们昂着头,一路唱着歌儿回到学校。

从这以后,梅莹拉近了和同学们之间的距离。大家无论遇上什么事情都和梅莹商量。有的同学还把自己感情上的波动,也讲给梅莹听,让她给自己出谋划策。他们和梅莹相处得像朋友一样,私下里他们都亲切地叫她莹姐。梅莹班的学生,无论是综合素质还是学习成绩,都在迅速地提升,这在学校里引起了极大的反响。校长认为梅莹教育有方,改变了学生的思想观念。但有的老师却说,梅莹是用一些小恩小惠,来拉拢学生,以提高自己在学生中的信任度。期末考试的前一个星期,王为仁一意孤行地撤销了梅莹班主任的职务,让她去别的班担任代课老师。他自己则重新回到梅莹以前的班担任班主任。他说,如果让梅莹再这样带下去,这个班就没有人能管得了了。

梅莹一气之下,给校长写了一份辞职申请,没等校长表态就收拾起自己的东西,骑上自行车回家了。这时候,路边的沙枣花开了,满树米黄色的小花一串一串地挂在树上,使路边的空气都充满香气。梅莹顾不上欣赏这一切,她一路哭着回了家。她不知道,此时学校里发生了一件谁也意想不到的事情。王为仁晕倒在梅莹班教室的门口。梅莹没有辞职的时候,王为仁就是梅莹班的一个代课老师。那天,梅莹离开学校回家的事情,很快就被梅莹班的学生知道了。他们追上来,梅莹已经走得没有影子了。这时候,学校上课的钟声响了,王为仁夹着书本,兴高采烈地向梅莹班的教室走来。同学们见了,全都回到教室,纷纷拿起自己的书包,不约而同地走出他们的教室……王为仁走进教室愣住了,他的心脏病发作,晕倒在教室的门口。

同学们全涌到校长的办公室,请求让他们去梅莹老师的家,把梅莹老师请回来。那个在全校有名的调皮生"黄帽子"同学,哭泣着对校长说,梅莹是他遇到过的第一个知道尊重自己学生的老师!校长被他们感动了,在大家再三请求之下,校长带着学校的几位领导,和梅莹班的学生代表,来到了梅莹的家,请她回去继续担任这个班的班主任。这天早晨,梅莹像以前一样走进教室,发现教室里有一种很浓郁的花香。她走上自己的讲台,看见她的讲桌前放着两大把黄色的沙枣花。她抬起头,见同学们个个眼含热泪……

库 车 摇 床

随着孩子的不断出生长大，库车的人口迅速增长起来，后来达到几十万。生孩子在库车人的心中，是一件非常大的事情。一个家庭娶进门的媳妇怀孕了，她家的人就会忙碌起来。他们先从自家的羊群中，挑出一只很结实肥大的羯羊留下来，放在家里精心喂养，然后再请附近有名的木匠给即将出生的孩子做一个摇床。摇床有六十厘米、八十厘米、一米以及一米二等不同的长度。大多数情况下，工匠们都是按照客户的需求去制作的。

一般人家，只做个长一米的摇床就行了。这样，孩子在学会走路之前，都可以在上面睡觉或坐着玩耍。也有一些经济条件好或人口多的大家庭，在做摇床的时候，要求做一大一小两个摇床。小摇床是给那些刚出生不到半岁的孩子做的,这样的摇床主要是让孩子躺的,里面的空间要大,周围的栅栏要低。大的摇床比小的摇床要复杂一些,这种摇床既能让孩子躺着睡觉,又能让孩子站着玩耍并且不发生危险。不论哪一种摇床,在做的时候都要求既漂亮又结实,最好能满足这个家族的两代或者三代子孙使用。

走在库车老城的街道上,走过一户人家,也许就能从那扇半开的雕花木制的门缝中,看到一位老人,宁静而安详地坐在院中长长的葡萄架下,手扶着一个小小的摇床,唱着一首悠远而古老的歌。库车摇床在库车的巴扎上随处可见。在库车老城,几乎所有人家都有摇床。库车摇床在颜色上非常讲究。刚刚做出来的新摇床,工匠一般都用非常艳丽的油漆刷一下,目的是好看以及吸引孩子的注意,但是,随着时间的推移,这些摇床上的颜色逐渐脱落,慢慢还原出木头本来的颜色。有时候摇床用的时间长了,连木头原来的颜色也看不出来了,摇床四周的木栅栏都变得乌黑油亮。

在库车人的眼里,孩子的摇床就和大人睡觉的床一样,只要不坏就一直用下去,父亲睡了儿子睡,儿子睡了孙子睡。有时候,摇床的颜色旧了,或者某个位置坏了,他们会重新用油漆刷一下或修补一下接着再用。在库车的老户人家,一个摇床被用十几年甚至几十年是屡见不鲜的事情。摇床上留下的每一块印记,都可能向我们讲述一个鲜为人知的故事。库车的摇床,像库车老城的遗迹一样,记录着一代人,甚至是几代人的故事。一个库车摇床所记载的历史,有时候甚至比库车的县志记录得还多。它们守候着老城的居民,同时也陪伴着古老的城,看着人们出生、成长……

被时间遗忘的老人

最近一段时间，居住在库车老城的艾海提·艾力老人，心情非常郁闷，他的大外孙不愿学习他的土布纺织技术，跑到县城的摩托车修理部给人家当学徒了。这让九十多岁的艾海提·艾力老人大受打击。他怎么也想不通，现在的年轻人都怎么了？他们怎么就那么喜欢那些新鲜但看起来很不中用的东西呢？摩托车？摩托车有什么好的？坐在上面跟飞一样，弄得人心里紧张地揪在一起，随时担心发生意外事故。

艾海提·艾力老人不喜欢这些东西，他还是觉得以前家里的那辆小毛驴车好，那种车虽然慢，但坐在上面既踏实又自由。如果在路上碰上熟人或者朋友，都可以跳下来坐在路边的小树林里，和他们寒暄一阵。哪像外孙买回来的摩托车,去一趟巴扎,人还没有看清楚,车就已经到了。艾海提·艾力老人不喜欢坐这种摩托车,每个巴扎日,外孙只要一发动摩托车,他立即出门步行。外孙说他是老古董,他装作听不见。

艾海提·艾力老人是县城的老住户,从十二岁开始,他就跟着父亲学习家传的土布纺织技艺,一直到现在。妻子在给他生下大女儿阿依古丽以后,又生了几个孩子,但由于当时县城医疗条件差,他后来的几个儿女出生以后,都相继得病离世了。妻子也因此伤心过度,哭坏身体也去世了,他只好和女儿阿依古丽相依为命。

阿依古丽已经六十多岁了,当年因为艾海提·艾力老人不肯把家传的土布纺织手艺传授给她,为了生存,她只好嫁给县郊的一个农民,靠种地维持一家人的生计。现在,她的大儿子已经结婚了,小女儿也长到了十七岁。阿依古丽的小女儿古丽努尔喜欢艾海提·艾力的土布纺织手艺,可艾海提·艾力说什么也不肯传授给她。他说,他刚开始跟父亲学土布纺织技术的时候,父亲就告诉过他,这门土布纺织的技术,只能传给儿子,不能传给女儿。古丽努尔问他原因,他却说不清楚。

阿依古丽小的时候,艾海提·艾力的父亲还健在。那时候,阿依古丽才十岁,她整天跟在艾海提·艾力的身后,无师自通地学会了许多土布纺织的技术。当时,县城会纺织土布的人家很少,许多人家里有人去世以后都会来到艾海提·艾力家,购买他纺织的土布裹身下葬。那时候,他一天接到的订单,一个星期都赶不出来。周围的人说,艾海提·艾力纺织的土布结实、厚,裹在亡人身上踏实。艾海提·艾力很高兴,他本来想把这门技术传授给女儿阿依古丽,可他父亲说什么也不肯答应。他说,祖上传下来的规矩,不能在他们的手里坏了。

阿依古丽的儿子买买提长大以后,艾海提·艾力准备把自己的全部技术传给他,可买买提说什么也不肯接受。他说,现在都什么年代了,还搞这些过时的玩意儿，累不累？现在县城棉布加工厂到处都是，人去世了，买多少白布买不来？他的话深深地刺伤了艾海提·艾力老人的心，尽管他知道外孙说的是实情，可他就是不愿意相信。

自从县城的棉布加工厂成立以后，艾海提·艾力纺织的土布就一天比一天难卖了。尽管那些加工厂用机器加工出来的白布，在他看来根本不能算作白布，可县城的年轻人不听。许多时候，他们为了方便省劲，就直接把那样的白布买回来裹在亡人的身上，根本不管那些亡人家属的感受。古丽努尔说他老了，思想跟不上时代的步伐了，可艾海提·艾力不这么认为。他说："规矩是前辈人立下的，不管你理不理解，你都得去遵守。"他强行让买买提跟他学土布纺织技术，买买提就是不学。他说："这种老掉牙的技术，学会了有什么用？"在他眼里，艾海提·艾力这种土布纺织的技术，和街上那些修理摩托车的技术相比，根本就不是一个档次。他的这种说法，让艾海提·艾力老人非常失望，他试图用自己的人生哲学再劝说外孙改变想法，可外孙却头也不回地出门走了。

艾海提·艾力突然觉得自己老了，他长时间坐在自己那架老得每个部件都嘎嘎作响的织布机前，一天到晚织布，在他的记忆里，似乎除了织布，再没有其他内容。土布织出来了，却没有人来买。古丽努尔怕他伤心，就趁他不注意把土布抱到街上或者巴扎上去卖。巴扎上的人很多，可过来问土布的人却很少。许多时候，古丽努尔在地上蹲一天，也卖不掉一块土布。她只好把它们抱回来，放在艾海提·艾力看不到的地方。

阿依古丽的小孙女出生以后，为了不让艾海提·艾力过于劳累，阿依古丽就把艾海提·艾力的纺车收起来，放在房顶的阁楼上，让他帮忙带孩子。艾海提·艾力嘴上不说什么，心里却非常不舒服。每天早上，只要一坐在摇床前面，他就会回想起当年父亲教自己纺织土布的情景，两只手不由自主地做出织布的动作。他的这些回忆，通常被女儿一家人的哄笑声惊醒,他只好茫然地看着他们,不知道他们的笑从哪里来。

纺车不在了以后,艾海提·艾力老人的心也像突然被人掏空了一样。好长时间,只要家里没有人,他都会不顾危险地爬到房顶,把被阿依古丽收起来的纺车抱在怀里,默默地坐着,直到他们回来。

老鼠的家园

　　我出生八个月就被母亲断了奶，终日趴在姐姐的背上，像只老鼠一样四处寻觅粮食。那时候，粮食都是生产队的，分到家里的粮食，总是填不饱肚子。每到秋收季节，我们就和老鼠一起，为几粒粮食四处奔忙。那时候，生产队的麦子已经被大车拉走了，许多麦穗从麦秆上掉下来躺在地上，于是，许多个日子，姐姐就背着我挎个篮子去捡麦穗。那时候，老鼠多得遍地都是，许多个脊背上没有毛的大老鼠，躲在地边的杂草丛中，和我们抢粮食。有的时候，我们篮子里的麦穗，会被老鼠拖走几颗，有的时候，我们也会从老鼠的嘴边夺回来几颗。

　　有一天，我们在捡麦穗的过程中，发现了一个奇怪的现象，只见在麦地旁边一个高高的土坡上，一只尾巴很长的老鼠,正抱着一颗麦穗躺在地上,被一只和它一般大小的老鼠拽着尾巴拼命地往前拖。在离它们不远的地方,有一个很大的洞。洞和麦地之间,出现了一条白线。姐姐背着我跑过去,老鼠扔下麦穗钻入洞中。

那光秃秃的脊背和长长的尾巴,在我的记忆中留下很深的印象,以至于我很多年都能在梦中看见它们。姐姐用铁铲反复扒弄那个老鼠洞。这天的晚餐,我们吃得格外多。听说这些做馒头的粮食都是从那些老鼠洞里扒出来的,足有一麻袋多。我们咀嚼着这些从老鼠嘴里抢来的粮食做成的馒头……回想粮食上面细小的牙印让我们犹豫了一下,但丝毫没有影响我们的食欲。

在以后的日子里,我们都以扒老鼠洞为乐,把老鼠的粮食抢回来,磨成面粉做成馒头填饱我们的肚子。那年月,我们依靠着老鼠的家园,撑起了我们自己的家园。一个晴朗的早晨,我和姐姐无意中再次走过被我们扒过的老鼠洞,竟然惊奇地发现许多只脊背上没有毛的老鼠,挂在洞边的杂草上,死在它们家的门口。那些挂在草丛中的老鼠尸体,像一只只装满粮食的口袋,在阳光的照射下让我和姐姐触目惊心。

许多年之后,我们已经不再为粮食发愁了,但那些光着脊背的老鼠,却时不时浮在我的记忆中,让我在许多个酒足饭饱的日子想起它。后来的一天,当我的家园渐渐富足以后,我竟然在我家的地板上,又一次看见了老鼠。尽管那时候,我已经从乡下搬进了城里,住的是用水泥搭建起来的房子,可那个老鼠却不知从什么地方跑进来,钻进我的屋子,睁着一双贼亮的小眼睛,静静地望着我。那情景,让我想起许多年前那些在草丛上挂着的老鼠。我想,它大概就是那些老鼠的孙子或者重孙子吧,它之所以没有像它的祖辈一样死去,一定是它的父亲那时太小,贪玩以后找不到回家的路。它长时间地盯着我,好像在验证我是不是当年毁了它家园和祖业的那个坏东西。

它一定是记住了我的气味,因为它很长时间都没有打算离开我家的意思。我不知道它是如何在这个城市里,找了大半个城才走进我的家门的。我想客气地对它说一声对不起,可是我的嘴唇颤抖着,什么也说不出来。我跺一跺脚,想把它吓唬走,没想到它突然冲我龇牙咧嘴地怪叫一声,速度极快地扑到我的脚下。我吓得尖叫一声,像一只老鼠一样逃出家门。

　　从此以后,我不得不放弃我的家,搬到城市的另一头,把我以前的家让给老鼠去住。这样一来,我就不欠老鼠什么了,老鼠也不用总惦记着我。我们在两个不同的家园里生活着。有的时候,老鼠还是会想起我,于是在某个夜深人静的晚上,它悄悄地蹿出来,想走进我现在的家和我叙叙旧,但我那密不透风的铁门让它只好停下脚步。

朋　友　是　草

　　我母亲是一个乡下的女人,她一辈子没有进过学堂,认识的几个字,也是我在上小学时教给她的。她能写的只有自己的名字,但她从生活中得到的一些经验,却让我佩服不已。比方说,她管我的朋友叫草。她所说的草,并不是指我交友多,而是指我对朋友的态度。在我的一生中,朋友始终是我生命的一个支点,就像我家院子里那块小草地,让我付出了很多心血。那是我小时候自己开垦出来的,它紧挨着我的窗户。听母亲说我小的时候,就对草有一种特殊的感情,常常在外出的路上,把一些足以让我痴情的草,带回家来种在院子里。几年过去,草竟然也长得郁郁葱葱。起初母亲以为我年少贪玩,种草玩玩,没想到长大以后,我不但没有改掉这种习惯,而且还把许多朋友像草一样带回家来,而且越带越多……从小到大,我的这些朋友像园子里的草一样,进入我的生活,成为我生命的一部分,让周围的许多人,都羡慕不已。

姐姐曾经就很不理解,我告诉了她母亲的话,她总是用眼睛瞪我。我知道,姐姐是不会相信的。她不懂,其实无论种草还是交朋友,遵循的都是同一个道理。你既要给它一个足够的空间,又要给它足够的爱心,不管这种爱心将来回报你的是什么。比如说我的草吧,我就把它种在园子里,但我们之间又保持一定的距离,让我们彼此有一个相对独立的空间。

有的时候,我会花几天时间在园子里忙碌,把那些自己长到我园子里的,在我看来像草又不像草的植物,从我园子中清理出去,以便让我的草能有一个更大的空间,更好地生长。还有的时候,我从早上起来就站在园子里,戴上手套和草帽,给我的草松土、浇水、施肥、剪枝。因为我不想让我的草任性地疯长起来,荒芜了我的园子,挡住我进出的路。

当然,我更不会让它们不小心爬出来,延伸到我来回经过的小路上……因为它们没有足够的力气能托起我的重量,我也没有足够的耐心顾及它的娇弱,也许在一次匆忙之间用力地踩下去,让草受伤甚至发黄枯死。这都是我无法承受的。

因为我觉得,在我的一生中,还没有失意到要草来替我铺路的地步。这样不仅会减慢我走路的速度,也会让我的心灵受伤。更多的时候,我什么都不做,只静静地坐在草丛中间,看它们摇摆,听它们拔节,注视着它们在风雨飘摇的日子里,一天天地长大。这种时候,我就觉得它们其实就是我的朋友。尽管它们都不会说话,但那一片浓浓的绿荫和随风摇曳的姿态,都给我一种清新和温柔的感觉,让我的心在世俗之中,慢慢地淡泊了下来,归于宁静。但是,大多数的时间里,我都很匆忙,不是去出差就是忙着赶稿件。

有的时候,甚至连园子也顾不上光顾一趟,但那些草的绿色,却常常萦绕在我的心间,让我没有孤独感。偶尔,我写文章累了,也会抬起头,将身子探出窗外,我园子中的那些草们就会高兴地向我摇头致意。我要是长时间不去看它们,它们也会高昂起头,引来一些鸟或者蜜蜂,发出一点响声吸引我的注意。如果我手头所有的事都做完了之后,就会沏上一壶新茶,邀几个朋友一起坐在园子里,让草欣赏朋友们的开朗,让朋友欣赏草的平静。因为在我的心中,他们的价值是相等的。虽说他们的外表长得是如此不同。

小医生　月尔尼沙·肉孜

二十世纪九十年代,年轻的月尔尼沙·肉孜年年都为去村子以外的地方发愁。月尔尼沙·肉孜居住的村子,在远离县城的两座大山里头,中间有一条河流,常年流淌着清澈的河水。村庄就在河道的边上。村里的人家住着用土坯垒起来的房子,家家户户的房前屋后,都种着一片又一片的杏树和苹果树,最大的一棵据说已经生长了两三百年了。每年春天,只要春风一吹过,这里的杏花和苹果花就相继开放了。

村里不通车,这里除了一辆接着一辆过往拉煤的车,几乎再也见不到其他车了。村子里的人太少了,县城的交通车来回跑一趟,还赚不回油钱,所以村里五十多户居民每次出门,就只能步行两公里多到煤矿的十字路口,坐在路边想办法搭乘煤矿拉煤的大卡车。遇到好心的司机,会觉得村民们住在这里出一趟门不容易,就会停下车把他们带到县城,有的时候,也会碰到一些心肠不怎么善良的司机,他们假装没有看到,一脚油门就从村民们的身边闪过去了,村民们的手举在空中还没有来得及放下去,大卡车已经扬起漫天的沙尘,消失在公路的另一头了。月尔尼沙·肉孜在县城一所中学上高中的时候,就因为每次来回搭乘煤车,脸和鼻子上都是煤灰,被同学们亲切地称呼为"灰姑娘"。

月尔尼沙·肉孜的父亲是村里的老党员,也是村里连任了十七年的老支书,他虽然没念过几年书,却知道科学文化的重要性。家里的孩子,只要他们想上学,就是家里的生活再艰苦,他都会竭尽全力帮助孩子们完成心愿。十七年来,他带领着村里的父老乡亲把传统的半农半牧生活打理得有模有样。

月尔尼沙·肉孜高中毕业以后没有考上大学,按她母亲的意思,让她在县城找一份固定而又不要太辛苦的工作先干着,过几年以后再找一个家庭条件好一点的男人嫁了,安安稳稳地过日子。可月尔尼沙·肉孜的父亲却不同意。他坚持从银行取出一万多元现金,带着月尔尼沙·肉孜来到阿克苏地区医院,让她参加为期六个月的医务人员培训班。这个培训班给大家讲的是一些医务人员简单而又必须掌握的医学常识,月尔尼沙·肉孜的父亲一再嘱咐她要用心学习。月尔尼沙·肉孜不知道父亲让她学完以后的最终打算,但父亲能花这么多的钱再给她一次学习的机会,她还是非常用功的。

六个月的培训结束以后,月尔尼沙·肉孜成绩名列前茅,本来阿克苏地区医院打算让月尔尼沙·肉孜留在医院做一名医护人员,可月尔尼沙·肉孜的父亲不同意,他说月尔尼沙·肉孜的基础太薄弱,需要再进行一段时间的临床实践,也不管月尔尼沙·肉孜同意不同意,就又把她带到县医院当实习生。刚开始，月尔尼沙·肉孜很不高兴，她在心里埋怨父亲，觉得他想问题想得太多了，可来到县医院进行实习的时候，她才发现自己的医学专业知识贫乏程度比父亲想象的还要严重得多。月尔尼沙·肉孜在学校上学时学的维吾尔文，对国家通用语言仅限于一般的口头语，在阿克苏地区培训班学习时，给他们讲课的也都是维吾尔族老师。当时，月尔尼沙·肉孜没有感觉到什么，但来到县医院以后，她却发现来医院住院的大多是汉族病人，她不但要给这些病人送药打针，还必须看医生给病人开的处方，回答病人提出的一些和疾病有关的医疗知识，月尔尼沙·肉孜既听不懂普通话，又不能用普通话和患者交流。有的时候拿着医生的处方，她都不知道上面写的是什么，只好找一个既能看懂汉字，又会说维吾尔语的人，帮她把处方上的内容翻译过来。

有一次，月尔尼沙·肉孜找了一个人把医生开的处方翻译了一遍，结果不小心把处方上几个名称翻译错了。月尔尼沙·肉孜吓坏了，在以后的很长一段时间，她几乎丧失了学习语言的信心。父亲知道以后，买来许多学习国家通用语言知识的书，送给月尔尼沙·肉孜。他说，知识是学来的，所谓难者不会，会者不难。在父亲的鼓励下，月尔尼沙·肉孜开始系统学习国家通用语言知识，每天下班以后，她就抱着书本，到处找老师帮助她学习。月尔尼沙·肉孜知道，语言是人与人之间最好的交流渠道，而她自己的语言知识太匮乏了，有的时候碰到前来咨询问题的汉族病人，她连最起码的交流都做不到，更不要说向他们讲解医学知识了。

在县医院实习了一年多，月尔尼沙·肉孜不但学会了用流利的普通话和别人交流，还学会了操作一些高难度的医疗器械，医院的同事们都非常喜欢她，希望她实习期满了以后留在医院做护理病人的工作。月尔尼沙·肉孜听了，也非常高兴，她把这个好消息告诉正在家中忙碌的父亲，父亲听了，却来到县城要把月尔尼沙·肉孜带回家去。月尔尼沙·肉孜想不通。父亲说,他在村里当了十七年的村支书,年年看着村民们为了看病花半天甚至一天的时间,搭拉煤的车到十几公里外的镇卫生所,他心里就有种说不出的难受。

这么多年,他眼睁睁地看着有些村民因为嫌麻烦而不愿意出去看病,把小病拖成大病,然后再把大病拖成不治之症。他清楚地记得有一年,村里一户人家的孩子得了痢疾,因为没有医生治疗,过了几天以后就死在母亲的怀里了。他当时非常痛心,发誓要在村里建一个小型的诊所,给村民们看病,可是因为村子太小太偏僻了,又没有地方发工资,他找了许多人,人家都不愿意来。今年,他就要从村支书的职位上退下来了,他希望在他退下来之前,能看到村里建起一个卫生所,解决村里人看病难的问题。

月尔尼沙·肉孜觉得村子太小了,在那里建一个卫生所发展前景不大,所以不想去。父亲伤心了,他痛苦地告诉月尔尼沙·肉孜,村子是她的家乡,如果连她都不愿意回到村里,给生活在那里的父老乡亲们看病,那这个世界上就不会再有人去了。月尔尼沙·肉孜被父亲的真诚感动了,她思考了一段时间之后,终于提着自己的行李回到村里,建起了一个乡村卫生所。村里没有钱给她发工资,她就跟县药材公司的领导商量,从村民消费的药品和医疗器械中,提成百分之五到百分之十作为收入。

县城的有关部门认为她的情况比较特殊,就同意了。于是,月尔尼沙·肉孜天天守在村里的卫生所,有时候碰到不太严重的外伤病人,她还能迅速地帮助他们做简单的止血和缝合手术,村民们都非常尊敬月尔尼沙·肉孜,亲切地叫她"小月尔尼沙医生"。月尔尼沙·肉孜成了村里的第一个医生。

月尔尼沙·肉孜想念在阿克苏地区医院学习的日子和在县中学上学

的时光,她说生活在那里太方便了,想到哪里,坐辆车就可以去。她说,如果以后有机会,她想到乌鲁木齐的大医院学习系统的医学知识,将来做一个什么病都能医治的好医生。

三　九

　　母亲说，每年交九，都是冬天最寒冷的日子。我怕冻感冒，特意穿上厚厚的羽绒服，医院的大厅，依然是人来人往……我来到住院部的病房，医生和护士们都在忙碌着，没有时间理我，我只能坐在护士站前面的一个沙发上，耐心地等待……两年多没有来了，病房还是我熟悉的老样子，墙上贴着那些我闭着眼睛就能说出来的门牌号，只是进出房间的病人已经换成另一拨，仔细打量，发现竟然没有一个我认识的人。

　　铁打的营盘流水的病人，两年多里，我们住的病房有进来的，有出去的，一茬接着一茬，这些人时常穿着病号服，来来回回地在医院的走廊里转悠着，脸上的表情都是茫然和呆滞的。人生在世，牵挂和留恋的事太多了，就如

《红楼梦》中所描写的那样，地位、财富、娇妻，都是好不容易得来的，哪个人能轻易舍弃呢？

医院的病人换了，医护人员大部分都还在，我的主管医生郑医生查完病房后，脚步匆匆地从远处的走廊一头走过来。几年不见，他胖了，眼角多了几道岁月的风霜。时间是公平的，也是无情的，它在不停流逝中，带给病人们对生的渴望，同时也带给病人们对死亡的恐惧，而像郑医生一样的人就是我们心中的白衣天使，也是我们生命的救赎者。在抽血的病人中，我碰到了同病房的刘大姐，两年多不见，她完全变成了另一副模样，如果不是她叫我，我几乎认不出她来。和两年前相比，她显得瘦弱单薄了很多，头发虽然长起来了，可人却显得苍老了很多，头发几乎白了一半，如果不是她听到护士叫我名字，我就要和她擦肩而过了。刘大姐是我同病房的病友，我们一起做手术的时候，还曾经相互照应过，后面的六次化疗，几乎都在同一个病房里面，感情比较深厚。

刘大姐告诉我，这两年她的病情非常稳定，但是去年夏天，她爱人突然鼻腔出血，来医院检查，被诊断为鼻咽癌，她现在每隔一段时间，就必须陪爱人来医院做治疗，顺便自己也复查一下。我问她家中的孩子呢？他们没有时间回来照顾你们吗？刘大姐说，她只有一个女儿，而且出嫁了，前段时间刚刚生了第二胎，在霍尔果斯口岸上班，没有时间回家。刘大姐还说，年轻的时候只生了一个孩子，现在两口子都得了癌症躺在医院，才觉得孩子生少了，如果当年再多生一个孩子，现在每天在楼道里跑来跑去的，一定不是刘大姐她自己。

刘大姐才五十多岁，但是她的头发都已经花白了，从外表看，怎么也不像这个年纪的女人。生活把太多的悲哀和不幸给了刘大姐，她不但要照顾自己，还要照顾刚刚得了癌症的丈夫。丈夫得了癌症以后变得很脆弱，每次遇到事情，他都跟在刘大姐的身后，像个小孩子一样显得特别孤独无助。我记得在鲁迅文学院上课的时候,一个全国著名的导演对我们说:"世界上的女人大多比男人长寿,因为男人的抗压能力,大多都低于女人。"现在想来,她说的不是没有道理。

有人说癌症会传染,我认为传染的应该是一种恐慌的心态吧。也有人说癌症是吓出来的,我不知道刘大姐的爱人,是因为什么原因得了癌症,但是刘大姐的病,应该也是其中很重要的一个诱因吧!好在现在医疗技术非常发达,不管是什么疾病,大多可以找到办法治疗。我们都是和时间赛跑的人,从得病的那一年开始,就常年和医院医生打交道,一年一年地数着手指头过日子,就是为了安全地度过医学上所说的那个危险期。

我的病房有十六个病人,他们中间有得乳腺癌的、甲状腺癌的,还有一些是术后定期来医院复查的,年龄最大的七十一岁,年龄最小的才三十二岁,因为得病的缘故,似乎每个病友的心情都不怎么好。刘大姐走了以后,我心情很沉重,晚上躺在病床上翻来覆去地睡不着觉,半夜门外突然传来一阵女人凄厉的哭泣声,我以为自己听错了,翻身从床上爬起来,看见病房的门开着,过道里一个陪护的男人打着呼噜,好像没有听到一样。我还以为是刘大姐她丈夫又发生了别的意外,她心里难过,一个人坐在楼道里面哭呢……我穿上拖鞋,轻轻地从病房里走出来,看到过道里面除了那个睡觉的男人,什么人也没有。只有一盏功率很高的白炽灯,把整个走廊照得惨白。我以为自己的耳朵出现了幻听,走到睡觉的男人附近,清晰地听到他的呼噜声,很响亮地从棉被下面传出来。

走廊的另一头,是泌尿科的病房,玻璃门紧锁着,隔着门上的毛玻璃,我隐隐约约看到门口的那间病房门敞开着,一群穿着白大褂的医生在里面忙碌着,也许又有一个人去世了吧。这几年,听说得癌症的人很多……这时候,女人的哭声更响亮了,而且愈发凄厉……我不敢走过去,转身跑回自己的病房。那个躺在过道睡觉的男人,似乎已经习惯了医院的这一切，他好像没有听到一样，面向墙壁在打鼾。他的鼾声和那个女人的哭泣声相互回应着，形成了一种奇怪的旋律，这种旋律中充满生的沉重和死的悲凉。

半个小时以后，有一张床被推进电梯，那个哭泣的声音也随之消失。我本来想跟上去看一眼，但心里又害怕，只好老老实实地在病床上躺着，翻来覆去地睡不着。天亮了，临床的大姐转过身看着我："你为什么不睡？"

我说："我睡不着。"

大姐轻轻地叹了一口气说："你是乳腺癌吧？"

我点点头，用被子把自己盖上。

大姐说："我也是乳腺癌，三阴性的。"

我一下愣住了，久久地看着她，不知道该用什么话安慰她。

听说三阴性的乳腺癌，是所有乳腺癌中最凶险的癌症，而且没有药可以治疗，只要得了三阴性的乳腺癌，基本上就等于被判了"死刑"，能够活着的时间，也只有半年到一年半。听说有个三阴性的乳腺癌患者，不相信国内医学界的说法，卖了上海的房子去美国看病，花光了所有的积蓄以后，也只比国内医学界诊断的时间多活了一年多。也许看出了我的惊讶，那位大姐淡淡地一笑说："我就是学医的，我们全家都从事医学工作，我对我的病情想得很清楚，我都这个年纪了，早晚都得走那条路，我们那一批做乳腺癌手术的人，已经走了四个了。我比她们多活了好几年，我很知足了。"

看着大姐把生死置之度外的样子，我突然为自己的伤感不好意思起来。我想既然命运把我们推到生命的十字路口，那我们就应该坦然面对，不管以后能活多长时间，只要把每天活好就可以了。我的耳边突然响起小时候同村小伙伴们玩耍时拍手唱的歌谣："一九二九不出手，三九四九冰上走，五九六九隔河看柳，七九河开八九燕来，九九加一九，耕牛遍地走。"

我关注的一只鸟

在生活中,我向来都不会去关注鸟。尽管在很多时候,鸟站在我路过的树枝上,叽叽喳喳地对我叫个不停,但它说的什么,我一句也没有听懂。因为在我的认知中,它虽然和我共同生活在这个世界上,但我们的本质却完全不相同。

一年秋天,我们家的院子里突然落下来了一只很小巧的鸟。那时候风很大,我们家院子外的几棵树上的树叶,也落在我家的院子里,像一只只长着翅膀的小鸟,在院子的上空,来来回回地飞舞。

当时,我正坐在家里看电视,狂风呼啸的声音清晰地传到我的耳朵里,就在我站起来,打算关上窗户的时候,那只小鸟和许多树叶一起,突然出现在我们家的窗台上,只见它一身翠绿的羽毛,细细的小腿黄澄澄的,红色的爪子和嘴小巧而精致,样子非常漂亮。它大概没有看清我们家窗户上的玻璃,飞过来的时候,被挡在了窗户的外面。它惊慌地在我们家窗台上找到了一个能避风的角落,赶紧把身子贴上去,精心地梳理自己的羽毛。

这时候,风更大了,一些树枝掺杂着废弃物,毫不客气地从院子上空落下来,掉在水泥地上。小鸟被这种巨大的声音吓了一跳,它紧张地站在剧烈的风中,努力把自己小小的身体贴在窗户的角落里蜷缩着,小小的眼睛里满是忧郁和哀伤,似乎经历了战争,刚刚从纷飞的战火中逃出来。

它站在我家的窗台上,惶恐地注视着外面的世界,红润的小嘴不停地梳理着身上的羽毛。它梳得很小心,把身上那些被风吹得竖起来的羽毛,轻轻地啄起又慢慢地放下,让这些羽毛和它身上其他地方的羽毛一起,整齐地贴在它身上,但是,由于风太大了,它努力了许多次都没有达到自己期望的效果,小鸟开始失望了,它无助地回过头,默默地看着我,眼里充满了哀伤,好像这个世界上所有的灾难都被它遇上了。我以为小鸟受伤了,就打开窗打算把它放进来。我爱人是个医生,给许多人看过病。我想,治疗一只小鸟,应该是不成问题的。

我来到窗前,很认真地观察这只鸟。它长得小巧玲珑,身上的羽毛像翡翠色的缎子,在黄昏就要降临的秋天里,显得格外引人注目。如果不是它不停地转移方向,我一定会以为它是我在工艺品商店里见到的一只人工制造的小鸟。从外表看,它的羽毛稍稍有点凌乱,靠近翅膀的跟前,有一两根被风吹得竖了起来,好像折断了一样,小鸟好像不会飞了,在我家的窗台上跳来跳去。

我伸出手,准备把它带到我的房间里。十月份的天气,对于这样一只小巧玲珑的鸟来说,还是寒冷了一些。当我打算走近它的时候,它躲开了,机灵地闪到窗户的另一个角,叽叽喳喳地对我说着什么。我不明白它说的是什么意思,是想让我帮助它,还是不想让我帮助它?我犹豫了半天,想回到自己的房间里去,它又掉转头对我叫着。我只好再次回过头,轻轻地靠近它。

这时候,小鸟已经转移到了窗户的另一个角落,它睁大那双恐惧的小眼睛,戒备地注视着我。它浑身颤抖着,神情忧郁得像受过严重的创伤一样。我捧起它,把它放在我房间的一个小吊篮里,铺上棉花,让它安静地睡一会儿,可是它却总是惊恐地在篮子里尖声叫着,一副惶惶不安的样子。

我的爱人下班回家后给它检查了一下,发现它并没有受伤。它身上一根竖起的羽毛,不知道在什么地方折断了,拖在地上。于是小鸟显得格外悲伤,它一遍又一遍不厌其烦地整理着那根羽毛,似乎没有它,以后的日子就过不下去了。我伸出手,想帮它把那根羽毛拿掉,可它惊恐地躲闪着,不让我碰它。我只好拿起碗,碗里放了一些小米粒。

小鸟吃得很专心,这个时候,它已经忘掉了刚来时的忧伤。它歪着头,困惑地看了我一会儿,低下头开始小心翼翼地吃起米粒。它吃得很专心,好像从来到这个世界上,它就没有吃过这么好的东西,偶尔有一粒米不小心被它带到碗外,它会很认真地抬头看一下我,然后趁我不注意,歪过头快速捡起来吃下去。

我把小鸟养了一段时间以后,发现它不能飞了,每天像个小老鼠似的在我家的墙根处快速地走动着,任我怎么撵它,它都不展开翅膀飞翔。我不放心,把它带到宠物医院,让医生给它做了一个全面的检查。医生说这只小鸟能飞翔,可能是因为身上的羽毛不整齐了,它伤心地不想再展开翅膀飞翔。

我不相信,就天天训练它,希望它能像以前一样,在我们家院子中央飞翔,可小鸟却总也不肯,它每次都蜷缩着身子,在地上走来走去。爱人说把它留下来算了，省得它跑出去被别的动物吃掉。可我们毕竟不是同类，它在什么时候需要什么东西，我们一点也不知道。我只能像喂养我们的孩子一样，给它喂一点水和米粒。

小鸟仍然很忧伤，它一有空就用嘴叼着那根折断的羽毛，不停地梳理着，把它的鸟屎撒得我们家满地都是。我没有办法，只好决定把它放出去，让它回到大自然的怀抱里。在一个晴空万里的早晨，我把小鸟放在我们家的窗台上，给它放了一点水和食物，把我们家的窗户打开，试图让它在我们都不在的情况下，飞出我们家的院子。

几天过去了，等我们从外面回来，小鸟果然不见了，就像它最初来我家时的那样，突然就从我家消失了。我的心一下子轻松了起来。我想，不管怎么说，它也是一只鸟，在天空中的日子，肯定会比在我们家里强得多。可是从那天起，我们家的房间里总弥漫着一种腐烂的鸟屎味道，无论我怎么打扫都清除不了。

这一年春节，我们全家人清扫房间，在打扫客厅的时候，爱人在沙发的拐角下面发现了那只小鸟，它不知什么时候已经死了，扭着脖子，用一种非常僵硬的姿势，固执地望着自己身上的羽毛。羽毛的颜色已经暗淡了，像人穿旧了的破棉袄，可小鸟仍然大睁着的眼睛，带着浓浓的忧伤，怜悯地注视着自己，小小的红嘴唇上，叼着它那根折断的羽毛，似乎它还想再努力一把，把这根已经脱离了身体的羽毛，重新安插回自己的羽毛中间。

沼泽的春天

我家附近有一个很大的沼泽。它有十多亩地大，呈不规则的圆形。沼泽里长满了密密麻麻的杂草，高的有一两米，矮的则紧贴着地面，只露出两三个米粒大小的叶子。每年春天，各种草都开花了，分布在沼泽的周围，远远地看上去像一个美丽的大花园。沼泽的边缘有一个小水沟，沟里常年流淌着一股清澈的水，浸泡着沼泽。

夏天到来以后，一厘米长的大脚蚊子，就会从沼泽的草根底下飞出来，趴在我家的墙壁上，我家的大人和小孩身上布满了黄豆粒大小的红疙瘩。常年住在这里的人说，沼泽上面的山上有一个染织厂，他们把用过的工业废水排出来，流进我们周围的沼泽地，沼泽地里面的蚊子被污染变异了。我用手一摸，水果然是热的。

大家开始把生活垃圾往沼泽的边缘扔,每天下午太阳落山,无数蚊子和黑色小蝇子,就从草根下面的污水中飞出来,盘旋在沼泽的上空,像一道密密麻麻的网。如果你从沼泽的边缘走过,它们就会扑过来,在你的身上和脸上咬起一个个指甲盖大小的红包,奇痒无比。这些包你还不能抠,一旦抠了,它们就会越来越大,最后连成一片,让你的一些器官变形到没有办法见人。每天晚上,住在沼泽旁边的人家都不敢打开灯,偶尔需要找个什么东西,也是很快地拉开灯,等看清东西的位置又快速关上,即便是这样,晚上睡觉的时候,你还会发现家里的墙壁上,不知什么时候钻进来几只一厘米大小的长腿蚊子,虎视眈眈地盯着你和你的家人。

我们家大人和小孩身上,常年留着被蚊子咬过的疤痕。这些疤痕像我们身上的其他标志一样,时间长了,就长久地留下来,成为我们身体的一部分。于是,每年五月份,我家大人小孩都忙着去附近的小商店,扯来纱窗钉在窗户上,以防蚊虫钻进房间。尽管我们这么小心防范,但是每天早晨醒来,大人小孩的身上还是布满了大大小小的红疙瘩。有的蚊子吸血太多了,飞不动,就停在我们身体附近不远处的墙壁上,只要张开手掌一拍,就有一摊红红的血残留在我们家的墙壁上。

沼泽的水中,生长着一团团的红线虫,我们附近有些人家为了方便,就养了许多鸭子、鹅。不远处的农户们看见了,也把家里的牛羊赶过来拴在沼泽的草丛中,让它们自由地啃噬。沼泽的动物越来越多,有一天晚上回家,我竟然惊奇地发现,有好大的一群野鸭,鸣叫着落在沼泽中间的杂草里面……

今年春天,沼泽突然没有臭味了,每天下午从沼泽的边缘走过,蚊子和小蝇子也不像原来那么多了。有人告诉我们,山上的染织厂倒闭了。大家赶紧组织起来,把沼泽边缘的垃圾清理干净。有几户人家还自费买来了一些小树苗,栽种在沼泽的边缘。树苗很快就活了,并且开始伸枝展叶。一些闲不住的男人，就在树下摆放了一张很大的条桌，没事了坐下来聊天、打麻将。日子久了，沼泽成了我们大家的集聚点。附近的女人没事了，也过来坐坐，说些家中零零碎碎的家务事，相互不太走动的邻居，突然之间亲近了很多。

今年冬天，下了一场很大的雪，人们把雪扫起来堆在家门口，每家的积雪都有一米多高……春节刚过，我从单位回家，走到沼泽附近，远远地就看见沼泽里面的草，已经开始绿了……我以为自己看错了，就走近一些，果然，有水流经过的地方，有些植物已经打上花苞了，暗暗地藏在草叶的中间，准备着等天再热的时候一下打开。我心里突然一热，情绪顿时高涨起来。原来沼泽的春天，也可以这么早就来临啊！

后　记

我是一片云

　　每个人都有自己的家乡,就像每个婴儿都有自己的胞衣一样,而我记忆中的乡村大地,是从一条泥泞的黄土小路开始的。离开家乡又回去,村庄留给我的记忆,是灰蒙蒙的,好像随时都会刮风下雨。从少年到青年,我记忆中的乡村,也只有短短的三四年时间,但是在这里,我经历了人生中的一段艰难岁月,它像一道伤疤,镶嵌在我的生命中,并且影响着我未来的人生路。

　　我的散文《母亲的麦地》《牛的最后一滴眼泪》《乡村亲戚》《老屋》等一系列文学作品,都是在描写那段时间我眼中所看到的乡村大地。故乡在刘亮程的笔下是神秘而温

父亲的麦地 ‖ 145

馨的，但它在我的心目中，却是陌生而又充满忧伤的。因为曾经的种种经历，重新回到这片乡村大地上的时候，我和这里的一切都显得格格不入。

二十多岁离开村庄，故乡才开始慢慢在记忆中活起来，并逐渐生根发芽。在城市流浪的日子，我感觉自己非常渺小，很多时候，像一粒飘浮在空中的尘埃，随风四处飘游。有的时候被风吹上去，有的时候又被雨打落下来，更多的时候被车轮旋起的风，吹得落在马路的一个角落里。这时候的我，才开始回望家乡，记忆中的那条泥泞的乡村小道，突然变得坚实起来，它用一种充满情感的巨大力量，牵引我，不管我身在何方！

萧　云